二見文庫

息子の愛人

霧原一輝

目次

息子の愛人

第一章　一人目の女

1

その夜、西村辰男《にしむらたつお》は息子の嫁である由実香《ゆみか》と夕食を摂《と》っていた。

「お義父さま、お代わりはいかがですか？」

由実香が、空になったご飯茶碗に目を留めて、辰男をやさしげに見た。

かるくウエーブした髪がふんわりと肩に散っている。ほんわかした感じの美人だが、アーモンド形の目はどこか寂しそうで、男が手助けをしたくなるタイプだった。

「いや、もう満腹だよ。動いていないから、腹も空かないんだ」

言うと、由実香は納得しつつも、せっかくの料理をあまり食べてくれないことに、ちょっと悔しい、というような顔をした。

「わかってると思うけど、食欲がないのは、決して、由実香さんの料理が不味いわけじゃないから。由実香さんはほんとうに料理が上手い」

「……ありがとうございます。そうおっしゃってくださると、ほっとします。でも、時間があるから、レシピ通りに丹念に作っているだけで、ちっとも身につかないんですよ」

「そういう謙虚なところが、あなたらしい」

「そんな……わたし全然謙虚じゃないです。ほんとうはわたし……」

「……ほんとうは？」

「いえ……いいんです」

由実香が珍しく言いよどんで、テーブルの八宝菜に箸を伸ばした。

旧姓夏川《なつかわ》由実香は息子の淳一《じゅんいち》と二十五歳で結婚し、この家に入って四年になる。

六歳年上の淳一は、父親の自分から見ても俗に言う俺様気質――。その息子が選んだ嫁は、やはり、想像通りのやさしげで従順そうな女だった。

美人であるのに、冷たさや高慢さをいっさい感じさせないのは、人と接しているときに見せる穏やかな笑顔のせいだろう。それでいて、家事はきちんとこなすし、男を立てる術《すべ》を知っているのがすごいところだ。

傍から見ていても、それは無理だろうという淳一の頼みにも絶対にノーとは言わず、きっちりと対応する。義父の辰男に対してもそのスタンスは変わらず、辰男はこの嫁でよかったと心から思っている。

ふと、息子のことが気になった。

「ところで、淳一は今夜は？」

「お客さまとの契約を済ませてから帰ると、言っていました」

「そうか……なら、仕方がないな」

淳一はよくやっていると思う。

保険の勧誘は神経を使う。淳一は営業だけでなく、従業員の管理もしなければいけないから、気が休むときはないだろう。それは、辰男がいちばんよく知っている。

辰男は大手保険会社に勤めていたが、四十歳で独立して、保険代理店『ライフリー』を起ちあげた。幸い会社は順調に伸びて、現在は約五十名の従業員を雇うほどに成長した。

三年前、六十歳のとき、社長の座を息子に譲りわたし、以降は淳一の相談に乗りながらも基本的には出勤することもなく、悠々自適の生活を送っている。

いや、悠々自適という言葉はあてはまらないだろう。むしろ、無聊《ぶりょう》を託《かこ》っていると言うべきか。

連れ合いがいれば一緒に旅行に出かけることもできるだろうが、長年連れ添ってきた妻を、五年前に癌で亡くしていた。孫でもできればと思うのだが、いまだに息子夫婦には子供ができない。

日々の決まった予定がないから、朝起きても、気持ちがしゃんとしない。

つくづく自分が仕事人間であったことを思い知らされている。

淳一は社長になりたての頃こそ、いろいろと訊いてきたが、最近はコツをつかんだのか、あまり相談をしてこない。仕事がないというのは、つまり、自分が必要とされないということで、生きていく上での張り合いがないのだ。

友人に誘われて、カルチャーセンターに通ったこともあったが、肌に合わずにすぐにやめてしまった。そんな自分の唯一のオアシスが由実香だった。

息子には申し訳ないとは思うが、彼女と一緒にいると、心がなごむ。

時々、家事の手伝いもするのだが、洗濯物を一緒に畳んでいるだけで、若かりし頃の胸の高鳴りを覚える。

床に座った由実香のスカートからのぞいたむっちりとした左右の太腿、かわいい膝小僧、奥に行くに連れて合わさってしまう内腿の際どいラインと肉感――。

だから、今もこうして二人きりで食卓を囲んでいても、まったく気づまりは感じない。

夕食を終えて、リビングのソファで休んでいると、食事の後片付けを終えた由実香がやってきた。

「お義父さま、腰のほうは大丈夫ですか？」

「僕の腰はいつも凝ってるよ」

「お揉みしますね」

「いや、大変だから、いいよ。どうせ、僕は大したことはしていないんだから」

「そんなこと、おっしゃらないでください。お義父さまはとても大切な人ですから」

「何もしていなくてもか？」

「淳一さんとわたしの心の支えになっています」

「……そうかな？」

「そうですよ。お揉みしますね」

膝丈のスカートを穿いた由実香が、肩までのふわっとしたウエーブヘアをかきあげながら、近づいてきた。

辰男はいつもやってもらっているように、三人掛けの大型ソファにうつ伏せに寝る。

「失礼します」

スリッパを脱いで、由実香がソファにあがってきた。

辰男の腰にまたがって、お尻をおろし、両手でかるく首すじから肩にかけて揉みはじめた。

しなやかな手のひらや指が触れているところが、まるで魔法にかかったように揉みほぐされていく。

尻が接している腰に、ずっしりとした女の重みを感じる。由実香がその親指に力を込めるたびに、尻があがったりさがったりして、尻の微妙な柔らかさと弾力がはっきりとわかる。

肩のほうをほぐすときは前傾になるためか、左右の内腿をかなり付け根のほうまで感じてしまう。

辰男は余裕のあるところを見せようとして、うつ伏せになったまま言う。

「淳一、やけに遅いな」

「そうですね。遅いですね……」

「あいつ、車で行ってるんだろ?」

「はい……今朝は車で出かけました」

「だったら、呑めないはずなんだけどな」

由実香は無言で、凝っている箇所を巧みに見つけて、ぎゅっ、ぎゅっと押してくる。

「……契約に手間取っているんだろうな。いざ契約となると、顧客はいろいろと言い出すからね」

背骨の脇の筋を、上から下に向かって徐々に指圧されると、親指が触れている箇所のコリがほぐれていき、

「ぁああ、気持ちいいよ……」

と自然に声が出た。じわっとした指の圧力とコリがほぐれていく陶酔感――。

気持ち良すぎて、涎が出てきた。

由実香が背筋を強く押してくる。

腎臓の裏側から腰骨あたりにジーンとした快感が湧きあがってきて、思わず尻を持ちあげてしまった。

と、由実香は左右の尻たぶをつかんで揺するので、ぶるぶると尻肉が震えるその刺激が前のほうにも伝わり、ムスコが力を漲《みなぎ》らせる気配がある。最近はピクリともしなかったのに。

(困ったな……こんなところを見られたら、軽蔑されるに違いない)

何とかして勃起を抑えようとする間にも、由実香が腰骨から尾てい骨にかけて押してくるので、刺激を受けて分身がいっそうふくらんでくる。

圧力を受けた肉柱がソファにめり込んで、さらに気持ちが良くなる。

(仕方がない。仰向けにならなければ、わかりはしないんだから)

腕に顔を載せて、腰が蕩けていくような陶酔にひたっていると、
ジー、ジー――。

センターテーブルに置いてある由実香のスマートフォンが唸った。

「きっと、淳一さんからだわ。ちょっと失礼しますね」

由実香がソファを降りて、スマートフォンを取り、画面を指でスライドさせて、

耳にあてた。

「えっ……はい、そうですが……えっ、警察？　えっ、どういうことですか？」

今、確かに、警察と聞こえたのだが——。

帰りの遅い淳一と警察という単語が結びついて、辰男はいやな予感にとらえられる。心臓がぎゅっと縮みあがる。

目を凝らし、耳を澄ませているうちに、応対している由実香の顔から見る間に血の気が退いていく。そればかりか、震えはじめたので、きっと尋常でないことが起こっているのだろうと思った。

「……K病院ですね。わかりました。すぐに向かいます」

電話を切った由実香が唇をわなわなさせて、かろうじて声を絞り出した。

「淳一さんが事故にあったって……」

「……えっ？　事故？」

「はい……交通事故。街路樹にぶつかったって……」

「それで、容態は？」

「頭を強く打っていて……それで……」

「それで？　おい、どうなんだ？」

「意識が戻らないそうです」

それだけ言って、由実香は「どうしよう」と両手で顔を覆った。

「K病院だな？」

由実香が小さくうなずいた。

「わかった。とにかく、行こう。僕が運転する。由実香さんも出かける用意をしなさい」

辰男は二階の自室に駆けあがって、免許証の入った財布をつかみ、階下に降りた。いまだに呆然自失している由実香をせかして、家を出た。

2

三週間後、辰男は自分で興した保険代理店『ライフリー』のパーティションで囲まれた社長室で職務をこなしていた。

淳一はいまだにK病院の病室にいる。

淳一の車はカーブを曲がり切れずに、中央分離帯の街路樹に激突した。その後で、オイルに引火して車は炎上したものの、その前に淳一は、タクシーの運転手によって救出されていた。

奇跡的に足の骨折以外の大きな外傷はなかったが、頭を強く打っており、意識が戻らない。医者が言うには、いつ意識が戻っても不思議ではないが、このまま一生目覚めないこともあるらしい。

アルコールが検出されなかったのが幸いだったが、事故の原因は、ブレーキをかけた痕跡がないことから、淳一の居眠り運転ではないかと推測されていた。

由実香は甚大なショックを受けたのだろう。一時は心神喪失状態だったが、今は平常心を取り戻して、病室の淳一に付き添っている。

そして、辰男は——。ふたたび社長の座に就いていた。

息子の意識が戻ることを信じて疑わなかった。だから、淳一が復帰するまで、会社を維持していくのが自分の役目だと信じていた。

社長に復帰して一週間が経過し、少しずつ調子が戻っていた。

淳一のことは気にかかったが、回復するために自分がしてやれることはひとつもなかった。

幸いにして、社員や保険外交員たちは、あの事故をきっかけに危機感を持ったらしく、よくやってくれている。

そして、不謹慎な言い方であることを承知で言えば、辰男自身も社長に復帰したことで、生活の張りを取り戻していた。

その日、仕事を終えて、辰男はある女性との約束の場所に向かった。

逢う相手は、窪田紀和子《くぼたきわこ》、三十六歳。

うちと大型保険の契約を交わしている顧客だが、今回逢うのは、契約のことではない。

淳一のスマートフォンは壊れておらず、それを辰男が警察から受け取った。本来なら、妻である由実香が保管するべきものだが、当時、由実香は精神的ショックがひどく、とても夫のケータイを管理できる状態にはなかった。

淳一のプライバシーを護るためには、電源を切ることが最良の策だったろうが、仕事の電話がかかってくる可能性があり、ケータイは生かしておいた。

そして、顧客とのやりとりの様子を知ろうと、電話の履歴やメールを見たとき、ある人たちだけがとくに電話やメールが多いことに気づいた。それは三人の女性だった。

驚いたのは、まだ消されずに残っていたメールの内容だった。その幾つかには読んでいるほうがいやになるほどの愛の言葉が書きつらねてあった。

（何だ、この恥ずかしいメールは？）

どう見ても、淳一とメールの相手との間に肉体関係があるとしか思えなかった。

（ということは、淳一はこの何人かの女と浮気をしていたのか？）

いくら父親の跡を継いだとは言え、息子は三十五歳にして、保険代理店の社長をしている。それに、父親の自分が言うのもへんだが、まあまあのイケメンで背も高いから、女にはもてるだろうし、誘惑も多いだろう。

だが、淳一は結婚しているのだ。由実香という最高の連れ合いがいるのだ。

辰男は結婚するまではそれなりに浮名を流したが、結婚してからは、基本的に妻一筋だった。

だが、淳一が彼女たちと不倫をしているのなら、放ってはおけない。

辰男が今夜、待ち合わせをしたのは、窪田紀和子がスマートフォンに履歴を残している怪しい女のひとりであるからだ。

午後八時、辰男が待ち合わせのホテルのスカイバーで、高層からの都心の夜景を愉しんでいると、着物を着た歳の頃は三十半ばほどの艶かしい美人が近づいてきた。

（えっ……この人が？）

思わずスツールから降りて、出迎えてしまった。それほど、和服の女には、大人の女の落ち着きと、そこはかとない色気があった。

「淳一さんのお父さまですね？」

女が切れ長の目を向けてくる。

品が良く、しかも人を和ませる愛嬌が、その微笑みには感じられる。

保険証書の職業の欄に、宝石店経営と書いてあったから、優雅な洋服を着たキャリアレディを予想していたが、現れたのは和服の似合う淑やかな美人だった。

クリーム色の地に草花の裾模様の入った友禅の訪問着が、この女に華やかさをプラスしていた。

「淳一の父の、西村辰男と申します。窪田さまですね？」

「はい。窪田紀和子と申します」

自己紹介して、紀和子がもう一度微笑んだ。すっきりした口角がきゅっとあがって、自分の微笑の魅力を知っている人だと直感した。

「お着物では座りにくいですね。ボックス席に移りましょうか？」

「いえ、大丈夫です。わたしも夜景が見える席のほうが好きですから」

婉然《えんぜん》と微笑んで、紀和子がスツールに腰をおろした。

辰男は手を挙げてボーイを呼び、紀和子のカクテルのオーダーを通した。

血のように赤いカクテルが来て、紀和子は長い指でカクテルグラスをつかみ、上を向いて、口をつけた。悩ましい喉元がこくっと動く。

カクテルグラスを置いて、紀和子がぽつりと言った。

「淳一さん、大変な事故にあわれたそうで……」

「ええ。街路樹に激突してしまって」

「意識が戻らないとか……大丈夫なんでしょうか？」

心配そうに眉根を寄せている。

「今のところ、小康状態を保っています。ドクターによれば、いつ意識が戻っても不思議ではないと……」

「そうですか……」

紀和子がきゅっと唇を噛みしめて、窓からの夜景に目をやる。

黒髪を後ろでシニョンにまとめているが、ほつれた鬢《びん》が悩ましく、横顔はくっきりとした輪郭を描いている。

こういう人を大人の女と言うのだろう。こんなに才色兼備でいい女を前にしたら、淳一だって惑うに違いない。

辰男は単刀直入に切り出してみた。

「……失礼ですが、淳一とはどのようなご関係で？」

「どのようなと言いますと？」

「保険のお客さまであることは、充分に承知しております。ただ、息子のケータイにあなたとの通話やメールが残っていまして、もしやと思いまして」

紀和子はしばらく考えていたが、

「ご想像のとおりです。淳一さんと肉体関係があります」

あっさりと認めた。この淑女の口から『肉体関係』などという言葉を聞くと、辰男のほうがドギマギしてしまう。だが、言うべきことは言わなければいけない。

「……淳一には妻がいます」

「はい、承知しております。わたしも結婚していますから」

辰男は言葉を失った。

俗に言うダブル不倫だが、こんなにいとも簡単に打ち明けられると、啞然としてしまって、怒る気にもならない。

しかし、ここはきちんと釘を刺しておかなければいけない。

「淳一は目覚めるかどうかわかりません。ですが、もし意識が戻っても、別れていただきたい。息子には、妻がいます。そして、今、懸命に看病しています。ですから……」

「わかりました。わたしもバカではありません。いつかこういうときが来るとは思っていました。彼とは別れます……ただ、ひとつ条件があります」

「何でしょうか?」

紀和子は辰男のほうを向き、目のなかを覗き込むようにして言った。

「わたしを抱けますか?」

カウンターに置かれた橙色《だいだい》のランプの灯が、紀和子の顔を下から照らしていた。きらきらと光る瞳は、男を試すような挑戦的な光を宿している。

「……どういうことですか? まったく脈絡がつかめないんだが」

「脈絡なんかありませんよ。ただ、わたしもこのまま手を退くのは癪なので、お父さまを困らせたい。せめて、一矢《いっし》を報いたい……それだけです」

「……そんな理由では……」

「では、わたしは手を退きません。彼の奥様に、これまでのことを洗いざらいお伝えしてもよろしいんですね」

辰男を見る目の奥には、人を突き刺すような強い感情が燃え立っている。

辰男が言葉を返せないでいると、紀和子がボーイを呼んで、カードを差し出し、部屋を取ってくれるように伝えた。

「ここは、わたしの定宿なので、いろいろと無理が利くのよ。観念なさいな」

きらりと瞳を光らせた紀和子の右手が、カウンターの下から伸びて、辰男の太腿に触れた。

「失礼ですが、奥様はいらっしゃるの？」

「……そんなこと、あなたに教える必要はないでしょ」

「あらっ……非協力的なのね」

紀和子の手がズボンの股間に届き、そこをぎゅっと鷲づかみにされた。

「うっ……」

「奥様は？」

「……亡くなった。五年前に」

「だったら、気兼ねをする必要はないわね」

「しかし……」

「わたしの夫は、もう七十過ぎですから、何でも許してくれるの。夫のことは心配なさらなくてもいいのよ」

紀和子は婉然とした笑みを口許に刻んで、股間のふくらみを撫でてくる。その巧緻な指づかいが、辰男から自分をコントロールする力を奪おうとする。

そこに、ボーイがやってきて、

「一五〇三号室でございます」

と、カードキーを手渡した。紀和子はそれを受けとって、

「ありがとう……行きましょう」

スツールを降りる。

「いや、でも、あなたは僕にとっては、息子の女なんだよ」

必死の抵抗を試みる。

「いいじゃないの。だから、面白いのよ。だって、息子ともそのパパともするなんて、めったにないわ。まさに、女冥利に尽きるでしょ？ どうするの？ 帰ってもいいわよ。ただしそのときは、わたしたちのことを奥様に……」

「わかった」

辰男がスツールを降りるのを確かめて、紀和子はしゃなりしゃなりと草履で絨毯を踏みしめて、店内を歩いていく。

仕方がない——。

3

十五階にある客室からは、都心の夜景が一望できた。

赤いライトに照らされてけなげに立つ東京タワーと、深海の蛍光魚のように不気味な色に浮かびあがったスカイツリーが、離れたところで、お互いを主張し合っている。

「淳一さんとお逢いするときは、いつもこのホテルだったのよ」

隣に立って夜景を眺めながら、紀和子が昔を思い出したように言う。

結いあげられた髪のうなじにかかるふわっとした後れ毛が、スタンドの間接照明に悩ましく浮かびあがっている。

「……いつから？」

「気になる？」

「それは、まあ……」

「二年前だったかしら。彼が保険の営業でうちの店に来て、契約をしたわ。それからね」

そうか、二人はそんなに長く不倫していたのか。

（淳一のやつ……！）

ここに来て、淳一への怒りがふつふつと込みあげてきた。

「罰があたったのかもしれないわね」

紀和子が辰男のほうを向き、辰男の首の後ろに両手をまわした。睫毛の長い涼しげな目でじっと見つめてくる。

「だから、彼と切れれば、神様は彼の目を覚ましてくれるかもしれないでしょ」

「……そう願いたい」

「そのためには、こうするしかないのよ」

紀和子が胸に顔を埋めてくる。

妙な理屈だが、しかし、結われた髪から懐かしく、芳《こう》ばしく、艶っぽい椿油の香りが匂いたち、辰男の眠っていた性欲が頭を擡《もた》げてくる。

と、紀和子はワイシャツのボタンをひとつ、またひとつと外し、ワイシャツを開き、下着の裏側に手をすべり込ませて、胸板を撫ではじめた。

女に触れられるのは数年ぶりだ。

最初はとまどいしかなかったのに、情感たっぷりに胸をなぞられ、乳首をかるくつまれると、ぞわっとした戦慄が皮膚を這った。

「お父さま、お幾つ？」

「……六十三です」

「そのわりには敏感ね。乳首が勃《た》ってきたわ」

次の瞬間、右手が降りていき、ズボンの股間をぐいっとつかまれた。

「うっ……！」

思わず腰を引いたが、女の指が追ってきて、ふくらみをやわやとなぞりあげられる。

そうしながら、紀和子は乳首にキスを浴びせ、舌で巧みに転がしてくる。

椿油の芳ばしい香り、乳首と股間への巧妙な愛撫――。

もう何年も女を抱いていなかった。だが、男の欲望はまだまだある。

（いいんだ。淳一と別れてもらうためにするんだ）

そう自分を納得させて、辰男は両手を背中にまわし、和服姿をおずおずと抱いた。

と、次の瞬間、紀和子は腰を沈めて、前にひざまずいた。ズボンのベルトをゆるめ、ブリーフとともに一気に引きおろす。

「あっ……」

とっさに前を隠そうとしたが、遅かった。

「あらっ、大きくなってるわよ」

鬼の首を取ったようにはしゃいで、紀和子は辰男を見あげ、それから力を漲らせつつあるものを握って、根元から雁首にかけて、ゆったりとしごきあげてくる。

「おっ、あっ……」

情けないことだが、うねりあがる快美感に辰男は声を洩らしていた。

「お元気なのね。とても還暦過ぎとは思えないわ」

「そ、そうですか？」

「ええ……うちの旦那はこんなにはならないわよ」

紀和子は顔を寄せると、茜色にてかつく亀頭部に唇を窄《すぼ》めて、キスをする。

ソフトな唇でちゅっ、ちゅっとついばまれるうちに、触れたところからぞくぞくっとした快美感がひろがってくる。

しばらく女の肌に触れてもいなかった自分が、今夜逢ったばかりの女性の愛撫に、これだけ敏感に反応することにとまどいさえ感じた。

尿道口を舐めながら見あげてくる紀和子と、目が合った。

と、紀和子は自分の愛撫がもたらす効果を推し量っているように目を細め、それから、手を離すと同時にいきりたちを静かに奥まで頰張ってきた。

一度根元まで唇をすべらせ、しばらくその状態で動きを止める。

ひさしぶりに味わう女の口は温かく、分身がすっぽりと包まれるその抱擁感が途轍《とてつ》もなく気持ちいい。

（そうか……こんないいものを忘れていたんだな）

血管が浮き出た肉柱の表面を唇が静かに行き来して、それだけで、羽化登仙の心地よさがどんどんふくらんでくる。

（忘れていた……気持ち良すぎる……）

細めた目に、都心の夜景が飛び込んでくる。

灰色がかった群青色の夜空に満天の星がかかり、幾つもの高層ビルが満月に向かってそそりたっている。

そして、唇がすべるたびに、下腹部がふくれあがりながら蕩けていくような快美感がうねりあがった。

睾丸に濡れたものを感じて見ると、紀和子は股ぐらに潜り込んで、皺袋を舐めているのだった。

逢ってまだ間もない男に、しかも、恋人の父親に、普通はこんなことはしないだろう——。

(そうか……淳一はこの奔放さに骨抜きにされていたんだな)

淳一も色好みな男だが、おそらく紀和子の淫蕩さはそれ以上だっただろう。

シニョンに結われた黒髪、華やかな友禅の着物、金糸の入った帯、そして、裾模様の入った裾からのぞく白足袋に包まれた小さな足——。

次の瞬間、片方の睾丸がなくなっていた。

そう見えたのは、紀和子が片側の睾丸を頬張って、口におさめたからだ。

(信じられない……!)

紀和子は睾丸を飴玉のようにしゃぶり、その間も、いきりたちを握ってしごいている。

(何て女だ。こんなこと、女房でさえしてくれなかったのに)

うねりあがる快美感に身を任せていると、紀和子は睾丸を吐き出し、さらに姿勢を低くし、片手を絨毯に突いて見あげるようにし、皺袋から尻にかけて、ぬるり、ぬるりと舐めてくる。

その間も、分身を柔らかくしごいている。

（ここが、こんなに気持ちいいものだったとは……）

理性が薄れて、代わりに男の欲望がじわっとせりあがってくる。

根元を握って、力強くしごかれ、亀頭冠を中心に唇を素早く往復されると、身悶えをしたくなるような陶酔が急激にひろがる。

と、紀和子はちゅるっと肉棹を吐き出して、立ちあがった。そして、背中を預けるようにして、辰男の手を白い半襟のなかへと導いた。

襦袢の下の乳房はじっとりと湿って、その豊かなふくらみが手のなかで弾み、

「ぁああうぅぅ……」

紀和子は低く喘いで、顔をのけぞらせた。

顔面に、結われた女の髪を感じる。椿油の香りが鼻孔に忍び込んで、さらなる高みへと連れていかれる。

（いいんだ……これは二人を別れさせるためにやっているんだ）

そう自分の欲望を正当化させて、友禅の着物の下の乳房を揉みしだき、柔らかな後れ毛ごとうなじを舐めると、

「んんんっ……」

くぐもった声を洩らして、紀和子は顔を後ろに反らした。

はっきりとしこってきたのがわかる乳首を指で右に左にねじると、

「ぁあうぅ……」

今度は前に身体を倒し、辰男の右手によりかかってくる。

着物に包まれた尻をもどかしそうにくねらせる。揺れる尻が、勃起を擦りつけてくる。

辰男は左手をおろしていき、着物の前身頃をかきわけた。さらに、長襦袢をはだけると、手が内腿に触れた。

じっとりと汗ばんだ肌はパウダーをかけたようにすべすべで、ひとつも引っ掛かるところがない。なぞりあげていき、太腿の奥へと手を差し込むと、

「あんっ……」

少女のようなかわいらしい声をあげて、紀和子が腰を引いた。

どうやら、パンティを穿いていないようだ。

最初から誘うつもりだったのか、それとも、和服のときはパンティを穿かない主義なのか――。

ぴっちりと閉じ合わされた内腿の隙間に指を差し込むと、

「ぁあああ、いや……」

紀和子が首を左右に振った。その理由はすぐにわかった。

秘境は沼のように潤んでいた。

そして、辰男の中指はごく自然に沼地をなぞっていた。ぬるり、ぬるりと潤滑油があふれでて、奥のほうへと指が誘われる。

前屈していた紀和子の肢体が伸び、さらには、後ろへと身を預けてくる。

「ぁああ、ダメっ……恥ずかしいわ。こんなになって……ぁああん、そこ……」

中指が沼地の上方の突起に触れると、紀和子はびくんと顔を撥ねあげた。

辰男はすでにオスになっていた。クリトリスに蜜をなすりつけ、乳房を揉みしだき、頂上をつまんでコヨリをつくるようにねじってやる。

「んっ……くっ、くっ……ぁああうぅぅ……」

紀和子がますますのけぞってくる。

正面の大きな窓に、華やかな友禅を着た女が、胸をまさぐられ、仄白い太腿をさらして喘いでいる姿が、夜景をバックに映り込んでいた。

その窓のなかで、紀和子が背後の自分をじっと見ていることに気づいた。窓に映り込んだ紀和子がふっと微笑んで、右手を後ろに伸ばしてきた。

漲りつづけているものを握って、ゆるゆると後ろ手にしごいてくる。

口許に涼しげな笑みを浮かべながらも、やることは大胆で奔放だった。

うねりあがる快感のなかで、辰男も負けじと股間をいじり、乳首をこねる。

クリトリスをまわし揉みすると、紀和子の表情が変わった。顎をせりあげ、後ろ手に肉棹をつかむ指の動きが止まり、

「ぁああ、あうぅぅ……もう、ダメっ……もう我慢できない……あうぅぅぅ」

と、腰をもどかしそうにくねらせる。

4

紀和子は辰男に背中を向けたまま、シュルシュルッと衣擦れの音とともに帯を解き、友禅の着物を肩からすべり落とした。

燃え立つような緋襦袢にドキッとする。

紀和子は髪止めを外して、結い髪をほどき、頭をかるく振った。枝垂れ落ちた黒髪は背中のなかほどまでもあり、そのゆるやかなカーブが艶かしい。

踵《きびす》を返して、紀和子が寄ってきた。

辰男は量感のある女体をベッドに横たえて、上からその姿に見入った。

漆黒の光沢を放つ長い髪を扇状に散らして、仰向いた紀和子は菩薩のようにやさしい顔をしている。

辰男は緋襦袢を肩から落として、腕を抜き、もろ肌脱ぎにする。転げ出てきた乳房は熟女の豊満さをたたえて、お椀形に張りつめていた。

しこりたったセピア色の乳首に誘われるように、吸いつくと、

「あうぅ……」

紀和子が鋭く顎をせりあげた。

「ぁあぁ……んっ、んっ……ぁあああぁ」

顔をのけぞらせて、口許に右手を持っていき、手の甲を噛んだ。

儚《はかな》げな首すじのラインに見とれながらも、反対側の乳房を揉みしだき、こちら側の乳首を舌で転がす。

「ぁうぅぅ……それ、いい……いいわ……あうぅ」

紀和子の下腹部がせりあがってきた。

(そうか……触ってほしいんだな)

乳房から顔を離して、右手をおろしていく。繊毛の翳《かげ》りの底に手を置くと、よじりあわされた内腿がゆるんで、指が奥に届いた。

(ああ、こんなに濡らして……)

潤みを指でなぞると、下腹部が突きあがったり、横揺れしたりする。

辰男はすで往時の感覚を取り戻していた。こういうものは自転車の運転と同じで、一度覚えたら忘れないものらしい。

下半身のほうに移動して、足の間に腰を割り込ませた。

膝をつかんでひろげると、緋襦袢がまくりあがって、太腿がM字に開いた。

中心には濃い翳りが繁茂し、その流れ込むところに雌の花が咲き誇っていた。

(ああ、こうだったか……)

ひさしぶりに目にする女陰は、ぬらぬらと光って、いやらしく男を誘う。

しかも、鮭紅色の内部が地殻変動でも起こしているようにうごめき、下のほうに白濁した汁が溜まってくる。

ゆっくりと顔を寄せて、下部の水溜まりを舌ですくいとった。

「んっ……!」

びくっと震えて、「ああ」と紀和子が声をあげる。

つづけざまに舌を走らせ、舌に載ったぬめりを啜った。

(懐かしい――)

もう何年も味わっていなかった風味が、全身の細胞に沁みいって、それが血液となってイチモツに流れ込んでいく。

辰男はいったん口を離して、左右の陰唇の縁を舌でなぞる。ゆるやかな褶曲《しゅうきょく》を示す鶏冠《とさか》に似た陰唇を舐め、そのすぐ外側にも舌を這わせる。

すると、これが気持ちいいのか、紀和子はM字に開いた足を突っ張らせ、

「ぁあぁ、そこ……ぁあぁぁぁ」

白足袋に包まれた足の親指を、ぐぐっと反らせる。

(自分は女を悦ばせている。感じさせている)

こんな充実感を味わうのは、いつ以来だろうか？　やはり、男は閨《ねや》の床で女性を歓喜に導くことで、自分に自信を持てるのだ。

そう、この感覚を忘れていた。

包皮をかぶったクリトリスを指腹でこねまわし、陰唇の内側に舌を往復させると、

「ぁあぁあぁぁ……」

歓喜の声が長く響いた。

莢《さや》を剝き、じかに肉芽を舐めた。大きめのおかめ顔をした突起を円を描くよう

にまわし舐めすると、

「ぁああ、そこ……くうぅぅぅ」

ベッドに突いた白足袋がシーツを擦り、下腹部がもっととばかりにせりあがってくる。やがて、喘ぎ声がさしせまったものに変わり、

「ぁああ、もうダメっ……欲しいの。欲しいわ」

紀和子が眉根を寄せた顔を持ちあげて、辰男にすがるような目を向ける。

辰男は膝をすくいあげて、陰唇の底に猛るものを押しつけ、馴染ませようと切っ先でぬるぬると擦った。

それだけで、紀和子は「ぁああ」と糸を引くような喘ぎを洩らし、濡れ溝をはしたなく擦りつけてくる。

真っ赤な長襦袢がはだけて、漆黒の翳りと仄白い太腿があらわになり、見ているだけで気持ちが高まる。

撥ねあがろうとする屹立を押さえて、慎重に腰を進めていく。

丸い亀頭部が狭いとば口を押し広げていく感触があり、途中から、誘い込まれるように奥まで届き、

「ぁあああ……！」

紀和子がまるで体内を串刺しにされたように顎をせりあげて、足をピーンと伸ばした。

「くうぅぅぅ……」

と、辰男も奥歯を食いしばっていた。

温かくて濡れたものが、分身をまったりと包み込んでくる。

しかも、粘膜が波打って、押し込まれた男性器を内へ内へと誘い込むようにうごめく。

辰男は足を持ちあげて、両手で紀和子の膝の裏をつかんだ。

ぐっと前に体重をかけ、腰をつかった。

蜜があふれるほどに濡れているのに、締めつけが強いせいか、女体を貫いているという確かな実感があった。

そして、打ち込むたびに、紀和子は後ろ手に枕をつかみ、

「あんっ、あんっ、あんっ……」

と、かわいらしい声をあげる。

顔の横で揺れる白足袋が、いっそう興奮を誘う。

快感はある。だが、粘膜を擦っても擦っても、いっこうに射精しそうにない。

そうか、歳をとり、男性器の感受性が鈍くなって、射精までの時間が長くなっているのかもしれない。

だとしたら、これはむしろ歓迎すべきことだ。

辰男は前に屈んで、左右の乳房をつかんだ。

燃えるような緋襦袢は腰にまとわりつき、乳房は丸出しになっている。

まったりと指にまとわりついてくる乳房を思う存分揉みしだき、指先で乳首に触れると、それだけで、紀和子の反応が違う。

尖りきった乳首を指に挟んで、くりくりっと転がすと、

「ぁああうぅっ……！」

紀和子は右手の甲を口にあてて、顔をのけぞらせる。

右手を口にあてているので、右肘があがり、腋の下がさらされている。剃毛された腋はつるつるだったが、上腕にかけての筋が浮きあがり、それによってできた深い窪みが悩殺的で、男心をそそった。

辰男は上体を少し横にずらして、腋の下に顔を埋めた。

腋汗の甘酸っぱい匂いが鼻孔をくすぐり、舌を窪みに這わせると、ちょっとしょっぱい味がして、

「やぁあん……」

紀和子が右肘をおろそうとする。

その腕をつかんで頭上にあげさせ、腋の下を舐めた。

「……くっ、くっ……ぁああ、いや……恥ずかしいわ。そんなところ、恥ずかしい……」

紀和子が羞恥をあらわにして、首を左右に振った。

その姿にいっそうの興奮を覚えながら、辰男は二の腕を舐めあげていき、肘から上に舌を走らせ、右手の指を頬張った。

ほっそりとして関節の高みの少ない指を根元まで口に含み、赤ちゃんがするようにしゃぶり、吸う。

薬指や人差し指まで舐めしゃぶると、紀和子は「あっ……あっ……」と声をあげて、結合部分をもどかしそうにせりあげて、抽送をせがんでくる。

それならばと、辰男は紀和子の腰の後ろに手をまわして、引きあげながら、自分はベッドに座る。

紀和子は途中から自力で上体を起こし、二人は座位で向かい合う。

「ふふっ、お父さま、息子さんより達者よ」

紀和子がふっと口許をゆるめた。

「バカなことを言わないでくれ」

「だって、事実だもの」

「……」

父と息子のセックスを比較するなど、とんでもない女だ。

いったいどんな神経をしているのだろうか？

しかし、どうせお世辞だろうが、息子より達者だと言われて、悪い気はしない。

しかも、紀和子は抜群にセックスが上手い。

両手で辰男の肩をつかみ、上体をのけぞらせて、腰を振りはじめた。

辰男をまたぐ形で開かれた足には、真っ赤な長襦袢がまとわりついている。

分身をよく締まる膣で揉みしだかれると、下腹が蕩けるような快感がひろがってくる。

「ねえ、オッパイを吸って」

色っぽく囁かれて、辰男は乳房にしゃぶりつく。

乳首を口に含んで転がすと、紀和子は「ぁあぁ」と悩ましい声をあげながら、
さかんに腰を揺らめかせ、

「ぁあぁ、ぁああ……いいのよぉ」

心底、感じている声をあげる。

やはり紀和子は自分の淫蕩さで男を食い物にしていく女に違いない。

辰男は後ろに倒れて、ベッドに仰向けになった。

と、紀和子が水を得た魚のように、腰を使いはじめた。上体をほぼ垂直に立てて、

「ぁああ、恥ずかしいわ……止まらないの。止まらないのよぉ」

緋襦袢のまとわりつく腰から下を、ぐいぐいと擦りつけるように前後に打ち振るのだ。

肉棹が根元から折れてしまいそうな圧力に耐えていると、紀和子は両膝を立てて、腰を上下に振りはじめた。

両手を辰男の胸板に突き、腰をぎりぎりまで振りあげ、そこから、落とし込んでくる。

大きくM字に開かれた太腿の中心には漆黒の濃い翳りがのぞき、したたる蜜で濡れた自分のイチモツが女の体内に姿を消し、ゆっくりと姿を現す。

「気持ちいい?」

紀和子が訊いてくる。

「ああ、気持ちいいよ、すごく」

「わたしもすごく気持ちいい。だってお父さまのここ、淳一より立派なんだもの……ぁあああ、腰が自然に動く」

紀和子は尻をゆっくりとあげ、真上から急激に腰を沈ませる。やがて、そのリズムが速くなり、ジュブッ、ジュブッと淫靡な音が立ち、尻がぶつかる音が混ざってくる。

やはり、この女は男をその気にさせる術に長けている。

淳一もこうやって褒め殺しにされたのだろう。

だが、わかっていても、太刀打ちできない肉の魔力というものがある。

「ぁあああ、いいの……ぁああん……」

紀和子はぎりぎりまで腰を引きあげて、釣瓶《つるべ》落としで落とし込み、根元まで受け入れた状態で腰をグラインドさせる。

まるで、女に犯されているようだった。

だが、それが心地よくもあった。

激しく腰を上げ下げしていた紀和子が、がくがくっと脱力して、前に突っ伏してきた。

たわわな乳房が胸板で弾む。はぁはぁと息を切らしながらも、腰は貪欲に動きつづけている。

辰男は黒髪を撫で、ほつれた髪の毛が張りついた額にキスをする。

それから、背中と腰に手を添えて、抱きしめながら、腰を撥ねあげた。

膝を立てて動きやすくして、下から突きあげると、怒張が肉路を斜め上方に向かって擦りあげて、

「ああ、これ……いいの、いいの……あんっ、あんっ、ぁあああん」

紀和子はしがみつきながらも、背中を反らせる。

さらさらの黒髪が垂れ落ちて、その柔らかな毛先が顔面をくすぐってくる。その髪の毛に貪りついた。

髪の先をむしゃむしゃと頬張りながら、腰をつかった。

「ぁああ、ぶつかってる。ぶつかってる……もっと、もっとちょうだい。イカせて……お願い」

紀和子が涙目で哀願してくる。

辰男は渾身の力を込めて、腰を撥ねあげる。紀和子の肢体が上で弾んで、

「あんっ、あんっ、ぁあああん……気持ちいいわ。気持ちいい……ああ、もっと、もっと……ぁああうぅぅぅ」

紀和子は何かにすがりついていないといられないといったふうに、辰男に抱きついてくる。

髪と肌から放たれる女の媚臭がいっそう濃密なものになり、きめ細かい肌も汗でどろどろになり、火照ってきた身体の熱が、辰男にも伝わってくる。

そして、深いところに切っ先を届かせるたびに、亀頭冠の出っ張りが狭い膣肉を擦りあげて、それが得も言われぬ悦びを生む。

以前より持続時間が延びたはずだったが、さすがに、もうこらえきれなくなった。

「紀和子さん、いきそうだ」

「いいのよ……わたしもイク。加減しないで、一気に来て……」

「こうか、こうか?」

歯を食いしばって、たてつづけに突きあげると、紀和子はぎゅうとしがみつきながらも、首から上をのけぞらせて、

「ぁああ、あんっ、あんっ、あんっ……イクわ、もう、イク……イッていい?」

耳元で訊いてくる。

「いいぞ。イキなさい。僕も、僕も出す」

残っていた力を振り絞って、下から突きあげた。すると、奥のほうのふくらんだ粘膜が亀頭冠にからみついてきて、にっちもさっちもいかなくなった。

「そうら、忘れるんだ。息子のことは忘れてくれ」

「わかったわ。忘れる……だから、ちょうだい……今よ、今……」

「そうら、イケぇ」

我武者羅に突きあげたとき、

「……ぁあああ、イクぅ……くっ……！」

紀和子は最後は生臭く呻《うめ》いて、弓なりにのけぞった。

膣が絶頂の痙攣をするのを感じ取って、駄目押しの一撃を突きあげたとき、辰男も至福に押しあげられる。

「くっ……あっ……」

熱い溶岩に似たものが切っ先から迸《ほとばし》って、その目が眩《くら》むような快感に、尻が勝手に震えている。

いったん止んだ射精がまたはじまり、それが二度つづき、完全に止んだとき、辰男は脱け殻になった。

ぐったりとした辰男の上で、絶頂の余韻を引きずった紀和子は、下半身を蛇のようにくねらせて、

「あっ……あっ……」

と、思い出したように声を絞り出す。

一陣の風が通りすぎると、がっくりと力を抜いて、辰男に覆いかぶさってきた。

「お父さま、すごかった……合格よ」

「合格って……？」

「淳一さんと別れると、たぶん、我慢できないときがあると思うの。そのときはお父さまと……ふふっ……言ってることはわかるでしょ？」

紀和子が上から、ねっとでも言うように見おろしてくる。

(何て女だ……)

辰男は唖然として、息子の愛人を見あげることしかできなかった。

第二章　夫婦の営み

1

一週間後、辰男が仕事を終えて、会社から帰ると、家には灯が点いているものの、しーんと静まり返っている。

（おかしいな……）

リビングに入っていくと、ソファの上で、由実香が横になって眠っていた。

キッチンには仕上げた料理が出ているから、夕食を作り終え、辰男の帰宅を待って一休みしている間に、ついついうとうととしてしまったのだろう。

無理もない。由実香は時間の許す限り、病室の淳一に付き添っているから、疲労が溜まっているのだ。

（ここは寝かせておいてやろう）

風邪を引かないようにと、膝掛けをかけようとしたとき、間近で見るその寝姿にドキッとした。

由実香は背もたれに背中を向ける形で、大型の布製ソファで横臥している。少し丸くなるような形で膝を曲げて寝ているので、膝丈のスカートがずりあがって、太腿がかなり際どいところまで見えてしまっている。

下の足はふくら脛《はぎ》や内腿がのぞき、上になった足がそれを交差する形で隠しているが、その太腿も半分ほどあらわになっている。

この家にきたときは、若干痩せすぎだなと思ったが、この四年間で身体が随分と丸みを帯びてきて、太腿などもむちっとしている。その張りつめた肉を包むきめ細かい肌はストッキングを穿いていないのに、つやつやとして、その光沢感に目を奪われる。

ついつい触りたくなって、いや、ダメだと自分を抑え、視線を顔に移す。

由実香は顔の左側面を下にして、すやすやと眠っている。

セミロングの髪がほつれつく横顔はこうして目を閉じていると、睫毛の長さが強調されて、こんなに長い睫毛をしていたのかとあらためて驚嘆する。

一方、目の下には隈ができ、頬もこけて、窶《やつ》れがうかがえるのは、やはり、一カ月以上にも及ぶ看病疲れが出ているからだろう。

淳一が不倫をしていたとも知らずに、看護も含めて、妻として精一杯やってくれている。辰男はそんな由実香が不憫で仕方がない。

膝掛けをかけようとして、ソファに向かって身を屈める。

と、スカートからのぞく、むっちりした太腿とかわいらしい膝小僧、形のいいふくら脛にまたまた目が止まった。

膝から伸びた太腿の裏側は優美でいながら肉感的なラインを描いている。

こくっと静かに生唾を呑み込み、気配を悟られないように息を詰めて、じっくりと息子の嫁の寝姿に見入った。

そのとき、気配を感じたのか、由実香が目を開けて、ハッとしたように辰男を見た。視線が合って、

「ああ、ゴメン。起こしてしまったね」

辰男がとっさに取り繕うと、由実香は自分の姿に気づいたのか、まくれあがったスカートをあわてて手で引きおろした。ソファに半身を起こして、

「すみません。お義父さまを待っているうちに……」

伏目がちになって、申し訳なさそうに言う。

「いいんだよ。由実香さんも看病で疲れてるんだ。何なら、僕は僕で食べるようにするよ。外で食べてきてもいいし……あなたも一々食事を作るのは大変だろう」

「いえ、そういう訳にはいきません。わたしはこの家の主婦ですから。それに、お義父さまは今社長業でお忙しいんですから……すぐに、温め直します」

気丈に言って由実香は立ちあがり、キッチンに向かう。

「悪いね」

「いいんです。看病にかまけたくないんです。するべきことはきちんとします。そうしないと、何だか……」

由実香はぎゅうと唇を噛みしめる。

疲れている自分を叱咤してキッチンで働いている姿を見ていると、あらためて、こんないい女に迷惑をかけている息子への苛立ちを感じた。

その後、ダイニングで二人だけの夕食を摂りながら、淳一の容態を訊ねたが、想像どおり、変わりはないのだと言う。つまり、意識が戻る兆候もないということだ。

重苦しくなりがちな空気を変えようと、明るく振る舞おうとするのだが、そうすればするほどに、虚しさが募ってくる。

食事を終えて、辰男は疲れた神経と体を休めようと、リビングの指定席であるひとり掛けのソファに腰をおろして、テレビを点ける。

トークをしていないと間が持たないと信じて疑わないお笑い芸人が、くだらないことを速射砲のように吐き出して、かまびすしい。だが、その騒々しさが気を紛らしてくれて、今の辰男にはかえって居心地がいい。

目の疲れを感じて閉じると、瞼の裏には、窪田紀和子が昇りつめていったときの悩ましい表情がくっきりと浮かび、下半身がざわめく。

(あれは何だったのだろう……)

あれから、紀和子からの連絡はない。

やはり、彼女の言うように、息子と別れるのが癪で、その父親をつまみ食いして鬱憤を晴らしたかったのだろう。

だが、気になっていることがひとつ。紀和子は別れ際にぽつりとこう洩らしたのだ。

『でも、わたしと切れても安心してはダメよ。彼、もてるから。内緒の恋人、他にもいるわよ』

スマートフォンを見て、そうではないかと思っていたが、紀和子の言葉がそれをさらに裏付けることになった。

ケータイには、他に二人との交信記録があった。

厄介だが、息子が今の状態にある間に、不倫相手との関係を断ち切ることが、由実香のためにもなるのだ。

（そろそろ動いてみるか……）

食事の後片付けを終えた由実香が、バスルームに向かい、しばらくして帰ってきた。風呂掃除をしてから、バスタブにお湯を張っているのだろう。

由実香はリビングの三人掛け用ソファに腰をおろし、雑誌を読みはじめた。

足を組んでいるので、スカートがずりあがって、上になった足の膝から上がのぞいている。そして、下になった太腿と交差する地点にはむっちりとした肉の軋《きし》みが見えている。

ちらちらとその光景を盗み見しながらテレビを眺めていると、由実香の上になっているほうの足の爪先がゆっくりと上下動しはじめた。

もちろん無意識なのだろうが、スリッパを穿いたその爪先がちょうど辰男のほうを向いているので、何だか股間がむずむずしてきた。

辰男は癖で足を大きく開いて、座っている。

そのせいもあるだろうが、彼女の爪先が真っ直ぐに自分に向かってきて、ズボンのふくらみを足で撫でられているような錯覚を抱いてしまう。

気がつくと股間のものが少しずつ力を漲らせてきた。

こんなこと今まではなかった。やはり、先日、ひさしぶりに女体を抱いたからだろうか？　そうかもしれない。現に、あれから辰男はやるせないほどの欲望を覚えて、何度か自慰をしていた。

しかし、股間をふくらませていることを、由実香には悟られてはいけない。

足を組んで、股間を隠した。知らずしらずのうちに、爪先を由実香の爪先の動きに合わせて上下に振っていた。

ぼんやりとテレビを眺めて、ふと由実香に目をやると、足が肩幅ほどにひろがって、太腿を内股にしてよじりあわせている。

しかも、左右の太腿をずりずりと擦りあわせている。

内腿を擦りあわせるのは女性が性感を昂らせているときの特徴だと聞いたことがある。

（ということは……？）

いやまさかなと思いつつも、辰男は上になった左足の爪先を回転させていた。
足首から先を大きくまわすと、不思議に辰男にもそこはかとない快感がある。
しかも、その爪先は由実香の中心に真っ直ぐに向けられているのだ。
いつの間にか、辰男は爪先で由実香の恥肉を愛撫しているような気になってい
た。

そして、由実香のほうも雑誌に目を落としながらも、内股になった太腿をぎゅ
うとよじりあわせたり、反対に少しゆるめたりする。

由実香は膝の上に置いた雑誌を見ているが、もしかしたら、視野の片隅に辰男
の足の動きをとらえているのかもしれない。

そして、義父の爪先で自分の局部を愛撫されているような気になっているので
はないか——。

辰男はスリッパを脱ぎ、黒い靴下に包まれた親指でじかに局部を擦っているつ
もりで、上に反らせ、下へと折り曲げる。

それから、足首から先をぐるぐると大きく旋回させ、止めて、また上下に柔ら
かく動かす。

テレビを見ている振りをして、それを繰り返しながら、辰男は由実香を盗み見

ている。

と、由実香がいやいやをするように首を横に振った。

それが何を意味するのかわからなかったが、直後に由実香は深い吐息をつき、足を静かにひろげはじめた。

合わさっていた膝が離れ、わずかに開くと、いきなり、ぱたっと閉じられる。うつむいて、大きく胸を喘がせると、ふたたび足を開いていく。

左右の太腿の角度がひろがり、三十度くらいになって、膝丈のスカートから太腿がなかばのぞいた。

ソファに接した大理石の円柱みたいな太腿はその重さで横にひろがり、奥に向かうにつれて徐々に狭間が狭くなっている。

その薄暗がりに、辰男はつかまってしまう。

密かに興奮しながら、その薄暗がりにあるものに向けて、爪先を送り込み、撥ねあげ、横に小刻みに振る。

と、太腿で圧迫されたイチモツが苦しいほどに硬くなってきた。

そして、由実香といえば、もう雑誌のページをめくろうとはしなかった。

ただひたすらじっと膝の上に開いた同じページを見つめ、膝をゆっくりと、ほんとうにゆっくりと開いていく。

角度が四十五度ほどになって、膝丈の紺色のボックススカートが張りつめた。

卑猥な角度だった。

普通、女性はソファに座るとき、こんなにひろく足を開かない。

(こっちを意識しているのだ。そして、この足首でじかにあそこを愛撫されているような気がしているのだ。そうに違いない)

そのとき、ひろがった太腿の奥に、何やら白いものが見えた。

辰男は不自然にならないように腰を前にずらして、目の位置を低くする。

と、由実香も腰を前に突き出してきたので、太腿の奥のパンティまでもがはっきりと見えた。白だ。

頭のなかで白濁液を噴き出したような、強烈な電流が体を流れた。

テレビのお笑い番組の下卑た笑いを聞きながら、辰男はここぞとばかりにぐりん、ぐりんと爪先をまわし、そして、小刻みに横揺れさせる。

と、由実香は開いた足を切なげに内側によじり込み、反対にひろげたりしながら、雑誌の下に右手を置いて、スカートの中心部分をぐっと押さえた。

太腿の間の窪みに手を差し込むようにして、膝をチューリップのようにひろげたり、閉じたりする。

(感じているんだな。由実香さん、あそこをじかにいじられているような気になっているんだ)

由実香はこれまで、こんなあからさまなことはしなかった。淳一が入院して一カ月が経過し、下腹部の疼きが日ごと強くなっているのだろう。

(……あなたを満たしてあげたい)

強い衝動に駆られて、足首が痛くなるほどに爪先をまわし、縦に振り、横に揺らす。

すると、自身も気持ち良くなって、勃起しきったその先から先走りの粘液が滲みだしているのがわかる。

そして、由実香はがっくりと顔を伏せているものの、スカートがまくれあがった太腿を微妙に擦りあわせている。

(ああ、由実香さん、僕はもう……)

ブリーフはすでに射精したかと思うような粘液にまみれている。

由実香ががくっ、がくっと小刻みに震えはじめた。

と、そのとき、「ピー、ピー」というお湯が溜まったことを知らせるコントローラーのブザーが鳴った。

由実香がハッとしたように顔をあげ、ソファから立ちあがってバスルームに向かう。

戻ってきたときには、由実香はいつもと変わらない態度で勧めてくる。

「お風呂が湧きましたから、お義父さまからお入りになってください。蓋を取って、洗い場も温めてありますから」

「いや、僕はもう少し後でいいよ。由実香さんが先に入りなさい。さっきもうたたねしていたし、疲れているだろう。今夜は早く寝たほうがいいだろう」

「でも……」

「いいから。早くしなさい。冷めてしまう」

せかすと、由実香が「すみません。では、お言葉に甘えさせてただきます」とバスルームに向かった。

2

由実香が風呂からあがってしばらくして、辰男も風呂に向かう。

脱衣所兼洗面所で、服を脱ぎ、ラタンの脱衣カゴに入れようとしたとき、その底にブラウスとスカートに隠れるように白い下着が置かれているのが見えた。

さっきの疑似セックスがいまだに辰男を昂らせていた。そうでなければ、絶対にこんなことはしない。

一度も破ったことのない禁を、ついに辰男は破った。

由実香はすでに二階の夫婦の寝室にあがっているから、まず洗面所には来ないだろう。

辰男はランドリーボックスの底から、おずおずとブラジャーとパンティをつまみあげた。

さっきは白に見えたが、厳密に言えば、白ではなかった。

シルバーグレイと言うのだろうか、銀白色の光沢のあるすべすべした素材はおそらくシルクなのだろう。羽のようにかるくて、すべすべしている。

刺しゅうの入ったブラジャーのカップの内側に、そっと顔を押しつけると、ふわっとしたフローラルな柔軟剤の香りが包み込んでくる。

さらに強く顔を押しつけると、ミルクを沸かしたような仄かな体臭が感じられて、それを鼻を鳴らして吸い込んだ。

ブラジャーを脱衣カゴに置いて、パンティをじっくりと見た。

丸まったそれは持っているという重さが感じられない。匂いを嗅ぐと、やはり柔軟剤の花のような香りがしたが、裏返すと、二重になった白い布地には、変色した部分が残っていた。

皺を刻んだ基底部の中心部に、笹舟形にうっすらとしたシミがついている。

しかも、わずかにぬめ光っている。

(やはり、さっき感じていたんだな。だから、こんなに濡らしている)

指でそれをすくい、匂いを嗅ぐと、女性特有のツーンとした性臭が鼻孔から忍び込んでくる。

こらえきれなくなった。

裏返しにした基底部を顔面に押しつけて、匂いを嗅いだ。

それから、舌をいっぱいに出して、シミを舐める。

わずかにぬめりを感じながら、何度も舌を往復させた。さほど味は感じないが、どこか獲れたてのみずみずしい生牡蠣のようで、いっそう強くすすってしまった。

あまり唾液でべとべとにしてはどうかとも思ったが、明日までには当然乾いてしまうだろうから、わからないはずだ。

もしも、義父が自分のパンティを舐めていることを知ったら、由実香はとことん自分を嫌うだろう。不潔な男として、軽蔑されるだろう。

その身がよじれるような罪悪感が、どこか気持ち良くもあった。

辰男はパンティを持って、バスルームに足を踏み入れる。洗い場のプラスチックの椅子に腰かけて、銀白色の布地で股ぐらから生えた肉茎を包み込んで、ゆっくりとしごいた。

シルクのすべすべした感触が心地よい。まるで、天使の羽に包まれているようだ。そして、ひと擦りするたびに、うずうず感がひろがり、分身も力を漲らせてくる。

ふと前を見ると、正面の鏡に、女のパンティで勃起をしごいている哀れな熟年男が映っていた。

（うう、見たくない……）

辰男は目を瞑《つむ》る。すると、どういうわけか、窪田紀和子の肉体が思い浮かび、昇りつめていくときの顔がはっきりとよみがえった。

（ああ、紀和子さん……いや、由実香さん！）

紀和子の映像を消して、さっき、由実香が足を開閉していたときのいやらしい映像を思い出した。

(ああ、由実香さん……)

息子の嫁のシミ付きパンティで、一心不乱に勃起をしごいた。閉じている瞼の裏に、一糸まとわぬ姿の由実香を正面から貫いている自分の姿が映り込んできた。

(僕はあなたを……)

あってはならないことだが、もしも、淳一が意識を戻り度さなかったときには、由実香の面倒を誰が見るのだろう？　自分しかいないのではないか。

(何てバカなことを考えている。お前は由実香の義父じゃないか。絶対に性欲をぶつけてはいけない間柄じゃないか)

わかっている。そんなことはわかっている。しかし――。

強く擦りすぎて、体勢が崩れた。後ろに手を突いて、体を支えた。

ふと、洗い場に視線を落としたとき、長い黒髪がゆるやかなカーブを描いて、濡れたタイルに貼りついているのが見えた。

五十センチはあるだろうから、間違いなく由実香の髪だ。

そっと指でつまみあげる。

黒い絹糸のような光沢を持つ髪の毛が、ゆるやかに褶曲している。決して細くはない、しっかりとした髪である。

おそらく、髪を洗ったときに抜けたのだろう。これが、ついさっきまで、由実香の肉体の一部であったのだと思うと、妖しい気持ちになった。

舌を出して、その上に髪を載せた。一本の髪の毛がとぐろを巻くように口のなかにおさまり、それを頬張った。

もぐもぐと髪の毛を味わい、舌でもてあそびながら、下腹部の屹立を彼女のパンティでしごく。

(僕は何をしているんだ?)

自分のしていることは尋常ではない。だが、こうしていると、由実香に触れているような気がして、身も心も昂る。

辰男はふたたびパンティを顔面に持ってきて、その匂いを嗅ぐ。

と、お花畑のような甘いフレグランスに、若干、イカ臭いものが混ざっている。

明らかに、自分のイチモツの匂いだった。

あわててパンティを遠ざけて、またそのなめらかな布で屹立を包み込み、激しくしごいた。

同時に、口のなかの絹糸のような髪の毛をもぐもぐと噛む。

と、脳裏に、由実香が昇りつめていくその光景がくっきりと浮かんだ。もちろん見たことはないので、想像である。

正面から打ち込まれて、足をひろげ、顎を突き出して、

『あんっ、あんっ、あんっ……ぁああ、イク……お義父さま、由実香、イキます』

と、悩ましい表情を見せる由実香は真に迫っていて、現実としか思えない。

「おおぅ、由実香……出すぞ。僕も出す……イキなさい。イッていいんだよ」

実際にそう口に出して、天使の羽根のように柔らかなパンティで亀頭冠のくびれを擦りあげた。

足踏みしたくなるような甘いが切実な昂揚感が一気にひろがってきて、もうひと擦りしたとき、辰男はしぶかせていた。

脳内が痺れるような射精感のなかで、パンティでもってさらに絞り出すようにすると、もう一度、それがしぶいた。

放出を終えたとき、しまったと思った。

精液はほとんどが前面の壁にかかったのだが、その一部がパンティにどろりと付着してしまっている。

このまま固まってしまったら、由実香に発見される。

辰男はそっと指で白濁を拭いて、指をお湯で洗った。それから、バスルームをいったん出て、脱衣カゴにしまう。

ふたたびバスルームに入り、かけ湯をして、浴槽につかる。

一瞬、後悔が脳裏をよぎったものの、しばらくして、体が温まってくると、射精した後の余韻に何もかも忘れてしまった。

3

深夜、辰男は尿意を覚えて、部屋を出た。歳のせいか頻尿気味で、夜中に必ず一度は起きて、小便をする。

パジャマにガウンをはおって、二階の廊下を歩き、トイレで用を足した。切れが悪くなったオシッコを芋虫みたいな肉茎を振って切り、廊下に出た。

と、夫婦の寝室から女の声がかすかに聞こえてくるではないか。

(んっ……!)

耳を澄ました。やはり、聞こえる。もちろん、由実香の声だ。しかも、誰かと話している。低い男の声のようだ。

内容は聞き取れないが、確かに、それが会話であることはわかる。

考えられるのは、誰かと電話をしていることだが、こんな夜更けに、誰と電話をしているのだろう？

ガウンで身を包みながら、ついつい聞き入ってしまった。

すると、話し声が喘ぎ声のようなものに変わった。

「ぁあああ……ぁあああ……いいの」

木製のドアを通して、由実香の悩ましい喘ぎが漏れてきた。

（どういうことだ？）

淳一が健在のときなら、テレフォンセックスでもしていることも考えられるが、その淳一はいまだ意識が戻らず病院のベッドに寝ているのだ。

どうしても実情を知りたくなって、辰男はそっと隣室に忍び込んだ。

そこは和室になっていて、隣室との境の京壁の上部には、明かり採りの横に長い窓があって、そこからなら、寝室を覗けるはずだ。

もちろん、今までそんな恥知らずなことをしたことはない。

閉じられた障子からは月明かりが忍び込んできて、部屋はどうにか動けるほどの薄明るさだ。辰男はミシンの前の丸椅子をつかんで、京壁の前に置き、足を掛けてそっとのぼった。

窓は閉められているものの、顔を寄せると、透明なガラス窓から隣室の様子が目に飛び込んできた。

ハッとした。

由実香はベッドで上体を起こして、ベッドの足のほうに置いてあるノートパソコンを見ていた。ヘッドボードを背に上半身を立て、二本のすらりとした足をパソコンに向かって開いている。

水色のワンピース形のナイティを着ているが、両足をひろげて、膝を立てているので、裾がまくれあがって、太腿がほぼ丸見えだった。

そして、由実香はパンティを脱いでいた。右手が太腿の奥に入り込み、翳りの底を長い指がなぞっている。

と、男と女の会話が聞こえた。

『由実香、そうだ。もっと足を開けよ』

『いやです、恥ずかしいわ』

『夫婦で恥ずかしがる必要はないよ。ほら、開いて……そうだ、そうだ。そこでビラビラを指でひろげて……』

そうか——。

パソコンには、淳一が撮影した夫婦のセックスの映像が取り込まれていて、それを由実香は再生しながら、満たされない肉体を慰めていたのだろう。

意識不明で一言も発することのできない淳一の声を聞きたいだろうし、元気だった頃の夫との性の営みの映像を見たいのは、由実香が息子を愛しているからこそだろう。

由実香が画面のなかの淳一の命令通りに、左右の手指で陰唇をおずおずとひろげるのを見たとき、辰男の脳裏からすべてが吹き飛んだ。

パソコンの画面から発する光が、ひろげた陰部の潤みに反射して、赤い粘膜がぬらぬらと光っている。

辰男のパジャマの股間が反応して、力を漲らせるのがわかる。数時間前にバスルームで射精したばかりだと言うのに——。

『そうだ。それでいい……そのまま、オナニーしてごらん』

『……絶対に流出させたりしないでくださいね』

『大丈夫だ。しっかり管理する。夫として当たり前じゃないか。俺を信用しろ』

パソコンから夫婦の会話が流れた。

そして、実際の由実香も指を動かして、狭間を開閉し、さらに、左手の人差し指と薬指で陰唇を開き、右手の中指を重ね合わせるようにして、肉芽をゆるゆると擦りはじめた。

パソコンの画面はよく見えないが、おそらく、由実香はそれと同じことをしているのだろう。当時と同じことをして、淳一を感じているのだ。

「ぁあああ、いやよ、いや……」

現実の由実香が、首を左右に首を振った。

『ダメだ。ほら、指を突っ込め。やれよ』

そう言ったのは、録画のなかの淳一だった。

由実香は右手の中指を舐めて濡らし、左手でひろげた陰部の底に押しあてた。

すぐに、「あっ」と声をあげて、顔をのけぞらせた。

(ぁああ、入ってるじゃないか!)

高窓から覗きながら、辰男は声をあげそうになった。

斜め上からの視界の中心で、由実香は中指を翳りの底にさかんに出し入れしながら、

「ぁああ……ぁあああ……欲しい。淳一さんが欲しい……ちょうだい。淳一、ちょうだいよぉ……」

そうあからさまな声をあげ、立てた膝を内側に切なげによじりあわせたり、反対に卑猥な角度でひろげたりする。

左手ではナイティ越しに乳房を荒々しく揉みしだき、ついには、立てていた上体をおろして仰向けに寝て、

「ぁあああ、欲しい。あなたが欲しい……あうぅ」

そうしないといられないとでもいうように、下腹部を持ちあげる。

そして、せりあげた恥丘の中心に向かって、二本の指を狂ったように抽送させるので、濁った愛蜜がすくいだされ、内腿までもがいやらしくぬめ光っている。

(ああ、何てことを……!)

普段はやさしく、常に笑顔の由実香が、一転して女の夜の顔を見せている。

こらえきれなくなった。辰男もパジャマのなかに手を入れた。ブリーフを高々と持ちあげている屹立を握ってしごくと、ジーンと痺れるような熱い昂揚感がひろがってくる。

『まだ、イクな。今度は四つん這いになれ。裸になって』

パソコンから淳一の声が流れて、由実香はナイティの裾を手を交差させてつかみ、めくりあげて、首から抜き取った。

こぼれでてきた乳房に、辰男は目を奪われた。

息を呑まずにはいられない、形が良く、量感もある理想的な乳房だった。

（素晴らしい……触りたい。この手で確かめたい）

たとえ相手が息子の嫁であっても、美しいものは美しいし、セクシーなものはセクシーなのだ。さっき触れたパンティに付着していた愛蜜のシミが頭によみがえってくる。

そして、由実香はパソコンに尻を向けていた。おそらく、パソコンのなかの淳一を意識してのことだろうが、斜め上方から覗いている辰男にとっても、まるで自分に向かって尻を突き出されているような錯覚をおぼえるのだ。

由実香は右手を腹のほうから潜らせて、美しい桜色の爪を持つ長い指で陰唇をぐいとひろげた。

「見えますか？　わたしの恥ずかしいところが、見えますか？」

由実香の声に重なるように、淳一の声がした。

『……見えるよ。いやらしいな、お前のオマ×コは。真っ赤に充血してるぞ。何だ、その濡れ方は……。オイルでもぶっかけたように光ってる。おいおい、したたり落ちてるじゃないか。おケケまで濡らしやがって……』

「いじめないでください……ください。あなたのおチンチンを……ああ、言わせないで……」

由実香がくなっと腰を横揺れさせた。

『ダメだ。自分でしろ』

淳一の声がパソコンから聞こえて、辰男は自分の息子の非情な命令に驚いた。

だが、実際に由実香は恥肉に伸ばした指を赤い亀裂に差し込み、抜き差しをはじめた。

「ぁあああ、こんなのいや……」

現実の由実香がつらそうに訴えたと思ったら、次の瞬間、

『ぁあああ、ぁあああ……してください。して……』

そこに、画面のなかの由実香の声が重なった。

そして、目の前の由実香は「いや、いや」と首を振りながらも、さかんに中指を体内に出し入れしては、「ぁあああうぅぅ」と切なげな喘ぎを洩らす。

ハート形に張りつめた尻がもどかしそうに動いて、尻たぶの合わせ目にはセピ

ア色の窄まりがうごめいているのが、辰男の位置からはよく見える。

(由実香、由実香さん……!)

ブリーフのなかのイチモツをしごくと、下半身はおろか脳味噌までぐずぐずになっていくような圧倒的な快感がせりあがってくる。

『欲しいか? 俺のチンチンが欲しいか?』

「はい……ください」

『しょうがないな』

そのとき、由実香が枕の下に手を入れて、何かを取り出した。

愕然とした。

ディルドーだった。肌色のおそらくシリコン製だろうそれはリアルな形で、カリなども張っていて、明らかに自分のものより大きい。

(これを使うのか……?)

由実香が、こんな破廉恥な大人の玩具を持っていることがショックだった。

由実香は人工ペニスを舐めて濡らし、両膝立ちになった。前のほうから太腿の奥へとディルドーを導き、M字に開いた足の中心へと慎重に押し込んでいく。

「くぅぅ」

つらそうに唇を噛みしめていたが、肌色の張形が半分ほど姿を消した瞬間、

「ぁあああ……」

と、上体を大きくのけぞらせた。

上を向いたので、辰男にはその表情がはっきりと見えた。

乱れた黒髪が額に貼りついている。苦しそうに眉をハの字に折って、口をいっぱいに開けて、唇を震わせている。

それから、由実香はゆっくりと前に身体を倒した。

ベッドに這いつくばる形で、右手を後ろからまわして、ディルドーの根っこのほうをつかみ、ゆっくりと出し入れしては、

「ぁああ、いいのよ。淳一さん、欲しかったの。これが欲しかったの」

心から気持ち良さそうな声をあげる。

由実香は今、淳一の本物のペニスを受け入れたつもりなのだろう。そして、映像のなかでも実際に挿入しているのだろう。

『あんっ、あんっ、あんっ……ああ、淳一さん、気持ちいいの。ズンズンくるのよ。揺れてるの。世界が揺れてるの……ぁあああ、いいの、いいの……』

と、パソコンのなかの由実香があられもない声をあげ、

「ぁあああ……くうぅぅ……たまらない。たまらないの……もっと、もっと奥までください……はうぅぅぅぅ」

現実の由実香もそう喘いで、激しくディルドーを抜き差しし、自分から尻をぐいっ、ぐいっと後ろに突き出している。

信じられなかった。由実香がこんなにあさましいほどに女の欲望をあらわにすることが。だが、まさかこんなことを……という落差が辰男の本能を否応なしに駆り立てるのだ。

（いやらしすぎるぞ。おおぅぅ、くうぅぅ……）

たまらなくなって、勃起しきったものをしごく。

由実香のオナニーを覗き見しながらセンズリをかいている自分を思うと、罪悪感さえ覚える。だが、そのしてはいけないことをしているということが、脳天がおかしくなるような快感を生むのだ。

（何をするのだ？）

と、由実香がいったんディルドーを抜き、身体を起こして、ベッドを降りた。

射精しかけて先走りでとろとろになった肉棹を握りながら眺めていると、由実香はフローリングの床にディルドーを立てた。

どうやら、根元のほうに吸着盤がついていて、ディルドーを床に立てられるようだ。

肌色の長大な男根が、床からトーテムポールのようにそそりたっている。

(まさか……いや、それしかないだろう……)

案の定、由実香は肉の柱を右手でつかみ、太腿の奥をかるく振って、切っ先に擦りつけた。

それから、ゆっくりと腰を落とした。

「ぁあうぅぅ……!」

低く凄艶な声をあげて、由実香は顔を大きくのけぞらせ、上半身を床にほぼ垂直に伸ばす。

そして、床から外れないように右手でディルドーをつかみ、腰をくいっ、くいっと卑猥にしゃくりあげるのだ。

目の前の光景が信じられなかった。

あの由実香が、淑やかで理想的な嫁である由実香が、自ら張形を床に立てて、そこに膣肉を擦りつけているのだ。

そのしゃくりあげるような動きが、上下運動に変わった。

由実香は大きく足を開き、腰を打ち振っては、

「ぁあああ、ぁあああ……いいの。淳一さんを感じる。お腹に感じるのよぉ……」

うっとりと目を閉じて言い、

「止まらないの……淳一、止まらない……戻ってきて。早く、帰ってきて……」

ベッドに載ったパソコンの画面に目をやる。

おそらく、画面には、由実香が淳一の上になって腰を振る映像が流れているのだろう。

ついに、由実香は両手で乳房を揉みはじめた。

ほっそりとくびれた腰から下を揺すりながら、直線的な斜面を下側のふくらみが押しあげた理想的な乳房をもどかしそうに揉みしだき、さらには、明らかにしこっているとわかる乳首を指で挟んでこねては、

「ぁあああ、いいの……淳一さん、もっと乳首を……そこよ、そこ……ぁあああ、いいわ。いい……ねえ、ちょうだい。突いて……」

ここにはいない淳一に語りかけ、それから、腰を浮かして床からディルドーを外した。

ベッドにあがり、仰向けに寝て、てらてらと淫蜜でぬめ光る張形を股間に押し

込み、右手で抽送する。

「ぁああ、ぁああ……」

緩急をつけて、ディルドーを打ち込み、左手では乳房を揉みしだき、乳首をこねる。

シーツには長い髪が扇状に散り、その中心にある優美な顔が、今はさしせまっていた。すっきりした眉をぎゅうとハの字に折って、小顔をのけぞらせているので、ほっそりした首すじのラインが悩ましい。

下腹部がぐぐっとせりあがってきた。

おそらくそうしたほうが、ディルドーが深く入るのだろう。張形をおさめた下腹をぐいぐいと振りあげる。

辰男はブリーフの裏側で、いきりたつものを握りしごいた。

先端からは先走りの粘液があふれて、それが指で伸ばされて、卑猥な粘着音が聞こえる。

今夜一度射精しているというのに、また、あの疼きが熱くひろがってくる。

隣室のベッドでは、由実香はブリッジでもするように尻を浮かして、踏ん張った左右の太腿の間に、張形を沈ませ、こうすれば感じるとでもいうように腰を上下左右に振りたくっている。

(淫らだぞ、由実香さん……ああ、いつもこんないやらしい格好で……)

辰男はその本能を剝き出しにした下半身と、むしろ、苦しがっているのではないかと思われるゆがんだ顔を交互に見る。

『あんっ、あんっ、あんっ……』

『どうした? イキそうか?』

『はい……イキます。ください。淳一さん、ください』

パソコンから、二人の会話が流れる。

次の瞬間、由実香はブリッジをやめて、尻をベッドにつき、両足を曲げて持ちあげた。

そして、左手で左足の膝裏をつかんで引き寄せながら、右手では肌色の疑似男根をぐっ、ぐぐっと押し入れる。押し込みながら、内部を激しく攪拌して、

「そうよ、そうよ……感じる。淳一さんを感じるの。ぁああ、ぁあああ、イクわ。イッていいですか?」

由実香がここにはいない淳一に語りかける。

(いいぞ。イキなさい。僕も出すからな。由実香のなかに出すからな)

辰男は心のなかで息子の代わりに答えて、肉棹を猛烈に擦った。下腹部が灼けるような切羽詰まった快感が一気にひろがり、もういつでも出せるところまで高まった。

絶頂を合わせようと、由実香を見た。

由実香は左足をつかみ寄せるというしどけない格好で、ディルドーを深いところまで押し込み、自分から下腹部をいやらしくせりあげている。

「ぁああっ……あっ……あっ……くっ……」

そろそろ気を遣るのだろう、色白の裸身がひくっ、ひくっと痙攣している。

(そうら、由実香、イッていいんだぞ)

辰男は実際に挿入している気持ちで、腰を前後に打ち振った。

「イクわ……イク……」

由実香は最後にぐいとディルドーを体内深く打ち込んで、

「あうっ……！」

凄絶に呻いて、曲げていた足をピーンと伸ばし、顔をこれ以上は無理というところまでのけぞらせた。

仄白い喉元をいっぱいにさらし、裸身を伸ばして、がくん、がくんと激しく痙攣する。

（出すぞ……くおぉぉぉ）

亀頭冠のくびれをぐいと擦ったとき、辰男も至福に押しあげられた。

温かい原液が迸る感覚があり、そこが小便でもちびったように濡れてきて、それでも、放出はやまず、力が抜けて椅子から落ちそうになった。

壁に手を突いて、かろうじて落下をふせぎ、隣室を見る。

すでに、ディルドーは抜け落ちて、白濁した蜜を光らせているが、それを片づける気力もないのか、由実香はただただ胎児のように丸くなっている。

そして、パソコンの映像も終わったのだろう、無声の画面が放つぼんやりとした光がシーツと横たわる女体を浮かびあがらせていた。

辰男はしばらくその様子に見とれていた。

まだエクスタシーの残滓《ざんし》があるのだろう、由実香は時々、ビクッとしては、ふたたび、静かな世界に戻っていく。

辰男はすべてをさらしている息子の嫁の姿を脳裏に焼きつけた。

部屋を去ったのは、由実香が眠りに落ちたのを見届けてからだった。

第三章　社員の淫らな要求

1

社長室をノックする音がして、

「どうぞ」

声をかけると、黒縁メガネをかけたボブヘアの社員が入ってきて、おずおずと辰男を見る。

（ほんとうに、この子なんだろうか？）

内心で首をひねりながらも、ソファを勧める。小柄な社員はソファにちょこんと腰かけて、必要以上に大きなメガネを指で押しあげる。

池上智実《いけがみともみ》は二十六歳で、辰男の会社『ライフリー』の保険外交員である。

じつは、淳一のケータイに多くの着信履歴を残していた三人の女性のうちのひとりだった。

以前から息子との関係を確かめたかったのだが、何しろ智実は自社の社員で、なおかつ、保険獲得の実績があった。契約の売り上げは常にトップクラスであり、したがって、安直に疑いをかけて、そっぽを向かれたり、辞められたりするのが怖かった。

だが、そろそろはっきりさせる時期だ。

「きみを呼んだのは他でもない。お礼を言いたかったからだ。これまでの素晴らしい実績にね」

言いながら、辰男は肘掛け椅子に腰をおろす。

「ほんとうに見事な売り上げだ。息子の代わりにお礼を言うよ」

「いえ……わたしなんか……」

智実が胸の前で、それは違うとでもいうように手を左右に振った。

大きな黒縁メガネで顔の半分くらい隠れているが、こうしてじっくり見ると、ととのったかわいい顔をしている。

身長は百五十五センチくらいだが、ブラウスを突きあげる胸は立派で、ミニのタイトスカートは肉感的に張りつめ、そのわりには突き出た足が細い。

（まあ、あるかもしれないな……）

由実香とも窪田紀和子とも違うタイプだが、時には興趣が違う変わった女を味わってみたいという息子の気持ちはわからないでもない。

「池上さんは僕が社長をしているときはいなかったら、息子に代わってから入社したんだね」

「はい……」

「ということは、三年目？」

「そうなります」

「実質二年で、ここまで来たか。大したものだ」

「……社長には何から何まで教えていただいて。最初は全然ダメだったので、社長が見るに見かねたんだと思います。ここまで来られたのも、社長のお陰です。とても感謝しております」

智実が殊勝なことを言って、ここにはいない淳一に向かって頭をさげた。

「そうか……息子も早く、意識が戻ってくれればいいんだが……」

入院中の淳一のことを思い出していた。と、智実は急に目頭を押さえて、

「うっ、うっ」と嗚咽《おえつ》をしはじめるではないか。

（そうか、よほど恩を感じているんだな……）

息子のことで泣いてくれることが、父親としてもうれしい。が、今はやるべきことがある。

智実はメガネを取って、ハンカチで左右の目を拭いている。泣き止んだところで、声をかけた。

「大丈夫ですか？」

「はい……すみません。みっともないところをお見せして」

「いいんだ。息子のために泣いてくれて、僕としても胸が詰まったよ……ところで、今夜あたり、ご馳走させてくれないか？」

「えっ……？」

「いや、きみはよくやってくれるので、前からお礼をしたかったんだが、なかなか機会がなくてね」

「……でも、お仕事の報酬はお給料でいただいていますから」

「それとこれとは別だよ。きみは料理は何が好きなの？」

「……かしこまったところは好きではないので、イタリアンだったら……」

「ははっ、主張するところはきちんとするじゃないか。よし、イタリアンなら知っているところがあるから、そこにしよう。きみは仕事はいつ終わるの？」

「はい……午後六時には」

「じゃあ、七時にここで……」

と、辰男はスマートフォンでその店のホームページを出して、智実に見せた。

智実がスマートフォンに素早くメモをし終えるのを見て、

「話はそれだけだ。待ってるから」

辰男が立ちあがると、智実も席を立ち、「失礼いたしました」とお辞儀をして出ていった。


その夜、辰男はレストランの個室で、智実とともにイタリア料理を満喫していた。

意外だったのは、智実が見かけによらず呑兵衛《のんべえ》だったことだ。

最初に白ワインをボトルで頼んだのだが、智実はとくにワインに目がないらしく、料理の途中でボトルが一本空き、次はこれがいいと言うので、値段の張るボルドーの赤ワインをボトルでオーダーした。

最後にパスタを食べ終える頃には、そのボルドーもほとんど空いていた。辰男もワインは嫌いではないが、智実はおそらく倍以上は呑んでいる。

お洒落な個室で、テーブルに置かれた赤いランプの灯を下から浴びながら、細いワイングラスを指で持ち、顎をあげて血のように赤いワインを喉に流し込む智実。

あらわになった喉元のラインに若いエロスを感じて、辰男はついついその姿に見とれてしまった。

しかし、大したものだ。会社の社長の前で、これだけ堂々と痛飲するのは、並の神経ではできない。呑み干すのを見て、言った。

「いやあ、お見事……池上さんは見かけによらず酒豪なんだな」

「すみません。すごくひさしぶりだから、ついつい……」

そう弁解する智実はすでに呂律が怪しい。

かつてのコミックの『アラレちゃん』のような大きなメガネ越しに見えるつぶらな瞳はうるうるしていて、目の下もほんのり赤い。色白の首すじも朱を刷《は》いたように染まっている。

辰男としては、淳一との関係を訊きだしたいのだが、どうもそういう雰囲気にならない。

困ったなと思っていると、智実のほうから切りだした。

「社長さん、今夜ご馳走していただけたのは、アレですよね?」

「アレって言うと?」

「……淳一さんとのこと」

辰男はまじまじと智実を見てしまった。

『淳一さん』などと名前を呼んだのだから、深い関係があったのだろう。辰男がうなずくと、

「やっぱり、そうだ。おかしいと思ってたんだ」

智実が嵩にかかって言う。いつの間にか、タメ口になっている。

「どこまで知ってるんですか?」

「息子のケータイにきみとの履歴がたくさん残っていてね。確か、『昨夜はすごく楽しかったです』というようなメールもあったからね……」

「それで、淳一さんが眠っている間に、それを清算しようと?」

できるビジネス・ウーマンらしく、さすがに頭の回転が速い。

「まあね……で、実際、どうなの？」

「ふふっ、知りたいですか？」

「ああ……」

「じゃあ、つきあっていただけます？」

「何に？」

「そうね、まずはカラオケかな」

「つきあわないとダメか？」

「ええ……」

「僕は歌は下手くそだぞ」

「いいんです」

「わかった。じゃあ、出ようか」

辰男は立ちあがって、智実とともに店を出た。

2

「カラオケボックスだよな」

「ええ、場所はだいたいわかりますから。任せておいてください」

明るく言って、智実は寄り添い、辰男の左腕につかまった。

(んっ……?)

そのあまりの自然さに、呆然としていると、智実はますますくっついてきた。

「すごくいい感じ……やっぱり、お父さまね」

「……どういうこと?」

「わたし、ファザコンだから、歳が離れている殿方のほうがしっくりくるんです。それに……社長さんは淳一さんと似たところがあります」

同じことを、窪田紀和子にも言われたところを見ると、やはり、事実なのだろう。同じ血が流れているのだから、当然と言えば当然なのだが。

そして、こんな若い女と腕を組んでいることに照れ臭さを感じながらも、どこか胸は躍っている。

やはり、若いということは、それだけで素晴らしいことだ。身体からあふれるオーラが違うし、自分もその潑剌としたエネルギーを浴びて、若返ったような気がする。

すれ違う通行人たちが、ちらりと二人を見る。

(彼らには僕たちはどう映っているのだろうか?)

年齢から行くと、歳の離れた父娘だろうが、どうもそうは見てくれていない気がする。複雑な心境だが、悪い気はしない。

二人は歩いて五分ほどのカラオケボックスのビルに入り、従業員に個室へと案内された。

広くはないが狭くもない部屋は、ここで歌いまくっただろう数知れない人のエネルギーのようなものが残っていて、それゆえに二人だとどこか寂しい気がする。

だが、智実は元気一杯で、早速リモコンで曲をリクエストして、スピーカーから流れだしたテンポの速いポップスを巧みに歌いこなし、辰男にも歌うようにせかしてくる。

仕方がないので、辰男も六〇年代のグループサウンズの懐メロを歌うと、

「きゃあ、ステキ。格好いい」

智実が抱きついてくる。

そのノリの良さに圧倒されながらも、気持ちは弾む。

その後、つづけて五曲ほど歌った智実が、急に、隣の辰男にしなだれかかってきた。動かないのでどうしたのかと見ると、静かな寝息を立てている。

酔うと、はしゃぐだけはしゃいで、眠ってしまうタイプなのだろうか。

(困ったな。まだ、淳一とのことを全然訊きだしてないぞ)

起こそうかどうか迷っている間にも、智実はがくっ、がくっと頭を揺らして、今にも倒れ込んでしまいそうなので、仕方なく肩を抱いて身体を支えた。

すでにジャケットは脱いでいて、ブラウスにタイトミニという格好である。さらさらのボブヘアは日溜まりのような健康的な匂いがする。

だが、しなだれかかっているので、ミニスカートから肌色のパンティストッキングに包まれた太腿がなかばのぞいてしまっている。

パンティストッキングの光沢を放つ太腿は意外とむっちりとしているが、膝から先はほっそりしている。

辰男は左手で肩を抱いているが、右手は空いている。

ついついその手で、太腿を撫でたくなってしまい、それをかろうじて抑えていると、智実が膝の上に倒れてきた。

後頭部を向ける形で、辰男の太腿に顔を載せて、静かな寝息を立てている。

普段の辰男なら、こんなことはしない。だが、紀和子を抱き、息子の嫁の狂おしい自慰を見てしまったせいで、自制心の箍《たが》が外れかけていたのだろう。

おずおずとボブヘアを撫でると、さらさらの髪は柔らかくて、頭の形までわかる。

智実がいっこうに目覚める気配がないのをいいことに、手を肩から腕へとそっとすべらせた。

半袖のブラウスだから、途中から素肌になって、自分の腕とはまったく違うそのすべすべの肌の感触に驚いた。二の腕などはぷにぷにして気持ちがいい。

腕をさすりながら、もう一方の手で髪を撫でる。

智実は尻はソファに載せているが、足は床についている。

と、いきなり智実が顔を下に向けて、ズボンの股間をぐりぐりと顔面で擦りはじめた。

（えっ……？）

呆然としている間にも、智実は身体を起こして、ズボンのバックルをかちゃかちゃさせて外し、ベルトをゆるめ、さらに、ズボンとブリーフを一気に膝まで押しさげる。

「き、きみ……」

「社長さんがいけないのよ。いやらしいことをするから」

すでに大きな瞳は潤みきっていた。それから、智実はメガネを外して、テーブルに置いた。

（いや、僕はちょっと腕と頭を撫でただけで、そんなにいやらしいことは……）

心のなかで弁解してる間にも、智実は右手で肉棹を握ってしごき、じっと見つめてくる。裸眼の顔に、驚いた。

（メガネを外すと、こんなに……）

メガネをかけているときは、キュートでかわいらしい感じだが、今はととのった美人系に変身している。

こぼれ落ちそうな目は大きいが、目尻がスッと切れていて、その流れ方が妖艶でさえある。それに、鼻筋も通っているし、口が上品で、口角がきれいだ。

ドギマギしながらも、一応釘を刺した。

「……池上さん、酔ってるよ」

社長として、このままではマズい。

「ふふっ、そうですよ。酔ってますよ。社長さんが酔わせたんじゃないですか？　そうでしょ？」

「いや、そういうわけじゃ……」

とくに辰男が勧めたわけではなくて、智実が自分から浴びるほどに呑んだのだが——。

「さっきも、わたしを眠らせておいて、身体を触ったじゃないですか？　セクハラで訴えちゃいますよ」

智実は明らかに酔っているとわかるとろんとした目を向けて、股間のものを強弱つけてマッサージする。

子供のような小さな手で分身を巧みに刺激してくるので、そっちに気持ちが移って、反論する気力が湧いてこない。

「わかったよ。僕はどうすればいい？」

「何もしなくていいですよぉ、そのままで」

甘えたような口調で言って、智実は床にしゃがみ、辰男の屹立を強めに擦ってくる。さらに、口をもぐもぐさせて、上からたらっと唾液を垂らしたので、生温かい粘液が落ちてきて、智実はそれを亀頭部に指で塗りのばした。

薄暗いカラオケルームで、肉の塔が場違いにいきりたっている。

そして、智実は亀頭部を圧迫して尿道口をひろげ、そこにふたたび唾液を落とした。

糸のように垂れた唾液がものの見事に割れ目に命中し、そのひろがっている鈴口に唾液を舌で押し込むように塗り込められて、

「くっ……あっ……」

思わず呻いていた。

ひろげられた尿道口の形に沿って、ちろちろと舌が躍るので、まるで内臓をじかに舐められているような奇妙な快感がひろがる。

そして、智実はいっぱいに伸ばした舌で頭部を突つきながら、気持ちいいですか、と問うような顔で辰男を見あげてくる。

(いつの間にか、この子のペースに引きずり込まれている。僕はこの子をナメていたのかもしれない)

智実は常時売り上げトップを競っている。顧客を虜にできなければ、あれだけの本数の契約は結べない。

もしかして、こんな形で男の顧客を？　いや、社員をそんな目で見るのはやめよう。

次の瞬間、湿った唇が硬直をまったりと包み込んできた。

思わず天井を仰いでいた。天井にはライトが埋め込まれていて、ぼんやりとし

た灯を落としている。

(そうだ、ここはカラオケボックスなんだ。ボックスには監視カメラが義務づけられていると聞いたことがある。この姿を撮られているんじゃないか?)

周囲を見まわしてみるものの、カメラのレンズらしきものは見当たらない。

(ないな……いいのかな)

気を抜いたとき、根元まで達していた唇が静かに動きだした。

ゆっくりと亀頭冠まであがり、そこでチューと吸われると、尿道口から魂が抜け出していくようだ。

と、余った肉茎に指がからみついてきた。

根元を握って、リズミカルにしごきながら、先端を頬張って素早く往復させるので、柔らかな唇で敏感なカリを刺激されて、得も言われぬ悦びが込みあげてくる。

「んっ、んっ、んっ……」

智実はここぞとばかりに髪を振り乱して、追い込んでくる。

「おおぅ、くうぅ……ダメだ」

思わず腰を引くと、由実香はちゅるっと吐き出した。それから、勃起を下腹部に押しつけて、あらわになった裏筋をねろり、ねろりと舐めてくる。

身震いしたくなるような快感に唸っていたそのとき、

「んっ……あっ……んんっ」

智実の喘ぎ声がする。

ハッとして見ると、智実の手がスカートのなかに潜り込んでいた。

床にしゃがみながら、ひろがった太腿の奥に手をすべり込ませている。

(オナニーしているのか?)

おそらくそうだろう。覗き込むと、パンティストッキングのなかに突っ込まれた指がもぞもぞと動いている。

「ぁああ、ぁああ、いい……」

気持ち良さそうに喘いで、ふたたび肉棹をすっぽりと頬張り、もどかしそうに腰を振りながら、「んっ、んっ、んっ」とたてつづけにしごいてくる。

それから、立ちあがって、スカートをまくりあげ、辰男に向かって言った。

「パンストを破ってください」

「えっ……?」

肌色の透過性の強いパンティストッキングから群青色のパンティが透けだして

いる。

「いや、それはマズいよ。セクハラで訴えられるのはいやだよ」

「もう、わかってないんだから。こういうときは、そんなマトモなことを言ってはダメなの。女の子に従うの」

「……わかったよ」

この子には逆らってはいけない気がする。いやいやを装いながらも、パンティストッキングを破ることに密かな悦びを感じていた。

よく見ると、パンティストッキングの真ん中をシームが走り、それがちょうど花肉の中心に食い込み、左右がぷっくりとふくらんでいる。

おずおずとシームのあたりをつかんで、強引に引っ張った。だが、化学繊維が伸びるだけでなかなか破れない。

仕方がないので、顔を寄せて伸びている箇所に歯を食い込ませた。仄かな性臭を感じながら、犬歯で引き千切るようにすると、そこから一気に裂けて、開口部が見る間にひろがり、素肌とともに群青色の刺しゅう付きパンティがこぼれでてきた。

さらに引っ張ると、長円形の大きな穴が尻の途中までひろがり、

「ぁああん……感じる」

智実は肩に両手を置いて、くなりくなりと腰を揺らめかす。

(な、何て子だ……!)

外交員として働いている池上智実からは、こんな大胆なことを好む子だとはとても想像できなかった。まったく、女はわからない。

「ねえ、あそこを指で……」

「こ、こうか？」

目の前に立っている智実の股間に手を伸ばして、パンティ越しに割れ目をなぞった。するとそこはすでに湿っていて、すべすべした布地がじっとりとして、撫でるたびに内部でねちゃ、ねちゃと淫靡な音がする。

基底部はますます谷間に貼りついて、その形をくっきりと浮かびあがらせ、そして、智実は「ぁああ、ぁああ」と気持ち良さそうな声をあげる。

股間を預けながら、智実はブラウスのボタンを外し、前をひろげて、群青色のブラジャーを押しあげた。

着衣越しに見ても立派だったが、想像以上にデカい。ぶるっとこぼれてきたオッパイの大きさに驚いた。

もしかすると、辰男がこれまで抱いた女のなかで一番デカいかもしれない。Fカップはあるだろう。グレープフルーツを二つくっつけたような巨乳が、中心にピンクの突起を尖らせている。

「吸ってください」

そう言って、智実が胸を押しつけてきた。

「きみは、いつもこんなことをしているのか？」

カラオケでの痴戯にしては限界を超えているように感じて、訊いた。

「……してないですよぉ。でも、わたし、もう我慢できなくて……」

「ここで、こんなことをして平気なのか？」

辰男は周囲を見まわす。

「平気ですよ。ここはカメラとか取り付けてないみたいですよ」

「そう、みたいだけど……」

智実はうなずいて、にこっと笑った。それから、巨乳を大胆に押しつけてくる。

柔らかな肉層に顔面が埋まり、息ができない。必死に乳首にしゃぶりつき、吸い、舐め転がすと、

「ぁあああ……気持ちいいですぅ……ああん、下のほうも」

智実はもどかしそうに下腹部を擦りつけてくる。

3

智実はいったん離れて、リモコンで新たな曲を選んで送信し、カラオケの画面に前奏が流れるのを確認して、パンティを足先から抜き取った。

マイクを握って、そのまま、ソファに座っている辰男の膝にまたがってくる。

いきりたっているものをつかんで、太腿の奥に導き、蹲踞《そんきょ》の姿勢でゆるゆると腰を振って、切っ先を馴染ませた。

挿入するつもりなのだ。

カラオケボックスという本来はカラオケに興じる場所で、本番行為などとんでもないことだ。しかも、自分はこの女と息子の関係を断ち切るために逢っているはずなのだ。それなのに、これは……。

拒んだほうがいい。いくらなんでも、これはやりすぎだ。今すぐ引き返さないと。

しかし、ノーと言えない自分がいる。

（ダメだ……）

自己嫌悪に陥っている辰男に委細構わず、智実は腰を落とし込んでくる。

と、気持ちとは裏腹に雄々しくそそりたったものが静かに温かい沼地に嵌まり込んでいき、

「ぁあああ……入ってきた」

智実が眉根を寄せて、顔をのけぞらせる。

「おっ……」

と、辰男も甘美な抱擁感に唸った。

若い保険外交員の体内は何カ所かがきゅっ、きゅっと締まりながら移動するので、まるで肉茎にローラーを転がされているようだ。

（くっ……すごすぎる……）

これまで体験した女性器のなかでも、数本の指に入る名器だった。

ただただ唸っていると、智実がじっとしてはいられないといったふうに腰を揺すりはじめた。ソファに足を踏ん張って蹲踞の姿勢になり、腰から下を前後に打ち振っては、

「ぁああ、気持ちいい」

喘ぎ声にエコーがかかっている。

エッと思って確かめると、智実は片手に握ったマイクを、口に近づけているではないか。

「おい……声が漏れてしまうよ」

「ふふっ、だから、いいの……」

まさかのことを平然と言い切り、智実は流れていた八〇年代に活躍したアイドル歌手のバラードを、じっくりと歌いはじめた。

信じられない。

この子は男にまたがって腰を振りながら、ぶりっこアイドルの誰もが知っている曲を情感たっぷりに歌いあげている。

そして、間奏がはじまると、マイクの丸い集音部をねっとりと舐めはじめた。

「ぁあん……ぁあん……」

その網状になった部分に舌を這わせるので、粘着質の雑音をマイクが拾い、ザラザラッ、ハアァという破廉恥な声がボックスに響きわたる。

(これが今どきの若い子なのか……?)

啞然としていると、智実はいったんマイクを離し、

「間奏が終わったら、歌うから、社長さんは突きあげてください」

「えっ……？　マズいだろう？」

「淳一さんとのことを訊きたくないんですか？」

「それは、訊きたいよ」

「だったら、わたしの言うとおりにして」

若い女の子にぴしゃりと言われると、なぜか心が躍る。かつては若い女に生意気を口をきかれると腹が立ったものだが――。

曲の三番がはじまり、智実が歌いはじめた。歌詞は暗記しているのか、画面を見ずに歌っている。しかも、とてもブリッコがさまになっている。

（そうか、突きあげるんだったな）

辰男は自分をまたいでいる両太腿を下から支え持ちながら、下から腰を撥ねあげてやる。いきりたちがずちゃ、ずちゃっと窮屈な肉路を擦りあげて、

「……あっ……あっ……」

と、智実は歌詞の途中で喘ぎ声を洩らす。

「おい、マズいよ」

声を潜めて忠言したが、智実は耳に入らないようで、「もっと」と、せがんで

くる。

（ええい、しょうがない。淳一との関係を訊くためだ）

そう自分の欲望を納得させて、辰男はぐいぐいと突きあげた。

「……あっ、あっ、ぁああん……」

エコーのかかった智実の喘ぎ声が室内に響き、そうなると、誰かがそれを聞いて、覗き見されるのではないかと不安になる。

ドアの窓を通して外の廊下に目をやるものの、幸い、人影は見えない。

（ええい、かまやしない。どうせ、恥のかきすてだ）

辰男は遮二無二なって、腰を撥ねあげた。

すぐに疲労感が押し寄せてきた。息も切れてくる。

だが、智実は気持ち良さそうに喘いでいる。ここまで来たら、イッてほしい。そうでないと、教えてくれないだろう。しかし、この格好では無理がある。

「池上さん、体位を変えたいんだけど」

言うと、智実は喘ぎ喘ぎうなずいた。

辰男はいったん離れ、ソファの背もたれのほうを向く形で、つまり後ろ向きに智実を座らせる。

尻を持ちあげるとスカートがまくれて、ゆで卵みたいな光沢を放つ丸々としたヒップがあらわになった。

すでに洪水状態で、陰唇がひろがって内部の赤みをのぞかせている狭間に舌を走らせると、

「ぁああ、いい……いいの」

智実がもどかしそうに腰を揺すって、

「入れて……入れてください」

切々と訴えてくる。幸いに、すでにマイクを置いている。

「さっきの件、頼んだよ」

ここぞとばかりに約束させる。

「さっきのって？」

「息子との仲を教えてほしい」

「わかったわ。約束します……だから、ねえ、入れて。もう、おかしくなっちゃう」

智実が誘うように尻を振りたくる。

辰男はもう一度、窓の外に人影がないことを確認して、いきりたっているもの

を静かに沈めていく。

智実の膣はさっきより抵抗感が少なく、ぬるぬるっとすべり込んで、

「ぁあぁ……」

と、顔をのけぞらせる。背もたれにつかまり、上体を立てながら、後ろから貫かれている。

ほっそりしたウエストから急峻な角度でせりだした尻をつかみ寄せ、辰男は腰を使う。両足を床に突いているから、全身を使えて、疲労感もなく、強く打ち込める。

女体を奥の奥まで貫いている気がして、男としての征服欲が満たされる。

辰男は若い頃に戻ったような気分だった。

あの頃はセックスでも向こう見ずで、射精のタイミングをはかることもせず、ひたすら女の坩堝《るつぼ》を突きまくった。そして、今、辰男はその頃を思い出していた。

尻をつかみ寄せて、何も考えずに女体に打ち込んだ。パチン、パチッと乾いた打擲音《ちょうちゃく》が爆ぜて、

「あん、あんっ、ぁああん……すごい……すごいよ……ぁああっ、胸が揺れて……揺れるのが気持ちいい」

智美と、大きなオッパイがまるで振り子のようにぶるんぶるんと豪快に揺れている。

(ああ、まだこれだけの力が残っていたんだな)

これまでの辰男なら、ここで乳房を揉んで、乳首を転がしてなどと考えていただろうが、今はもうひたすら若い頃のように猪突猛進で突くことしか頭になかった。

「あん、あんっ、ぁあん……イッちゃう。わたし、もうイクぅ……」

智実がさしせまった声をあげ、がくん、がくんと頭を前後に揺らしている。

「僕も……僕も、行くよ」

息が切れて、胸が苦しい。それでも、最後の力を振り絞った。

シーリングライトに浮かびあがった仄白い女の尻、そこにすごい勢いで嵌まっていく淫蜜まみれの硬直、揺れる巨乳——。

乾いた音が立って、それが辰男をいっそう高まらせる。

「あん、あん、あん……ぁあああ、イクぅ……イキます……くっ!」

智実が背もたれをつかんで、ぐぐっと背中をのけぞらせた。短めのボブヘアが躍り、次の瞬間、辰男も精を放っていた。

4

カラオケボックスで、辰男はズボンをあげ、智実も乱れた胸元をととのえて、二人は隣同士に座っていた。

歌われることのない曲のメロディだけが、ただただ流れている。

「で、さっきの件だけど……」

辰男が切り出すと、智実がぼそっと言った。

「不倫していました」

「……そうか」

「……先ほどもお話ししましたけど、わたし、当初は全然契約が取れなくて、それを見かねてなのか、淳一さんがご自分の顧客を紹介してくださったりして……」

そう語る智実は、メガネをかけていることもあるのか、ついさっきまでの高圧的な態度は打って変わって、慎ましい。

「それがキッカケで契約が次々と取れるようになって……それで、わたしがナンバーワンになったときに、淳一さんがお祝いをしようって。わたし、酔っぱらってしまって……酔うと、ご存じのように、とっても乱れてしまうんです。それに、淳一さんを巻き込んでしまったみたい……」

「そのときに、できたんだね？」

智実はうなずいて、

「だから、彼が悪いんじゃないんです。淳一さんはただわたしを育ててくれただけで……だから、彼を責めないでください」

「……ううむ、わかった。きみがそう言うならね」

二人の間にしばらく沈黙が流れた。

「で、これからのことだけど、たとえ淳一の意識が回復しても、もう、そういうことはしないでほしいんだが……」

切り出すと、智実は両手に顔を埋めて、「うっ、うっ」と嗚咽しはじめた。

そういえば、社長室でも嗚咽していた。何かあると泣いてしまうタイプなのだろう。

「池上さん……」

見るに見かねて、辰男はその肩に手を置いた。

すると、智実がいきなり抱きついてきた。胸板に顔を埋めて、すすり泣く。

女に泣かれると、昭和の男は弱い。

「できそうにもないのかな？」

ついつい同情して、猫撫で声を出していた。

「ううう……わたし、淳一さんがいるから、これまでも他の人のプロポーズを断ってきたんです。なのに、そんなこと急に言われても、納得できません」

可哀相になったが、ここははっきりとさせなければいけない。

「だけど、淳一には奥さんがいるんだよ。すごくいい奥さんで、いつも淳一のことを考えている。今も毎日看病に行って、付き添っている」

「……わかってるわ。わかってるわよ、そんなこと！　でも、でも……」

智実のすすり泣きが号泣に変わった。

「わぁああ」と声を放って、辰男の胸にすがりついてくる。

淳一を心から愛しているのだという気持ちが痛いほど伝わってきて、辰男も泣きそうになった。

しかし、きちんとケリはつけなくてはいけない。

「よく考えてごらん。正直なところ、淳一は目覚めるかどうかもわからない。そういう状態の男をいくら思っても、きみが疲労するだけだ。もう、淳一のことは忘れたほうが、きみのためなんだ」

「いやです。わたし、絶対にいやです」

智実は想像よりずっと強情だった。純粋さと強情さは裏表なのだろう。

ここは、淳一を嫌いにさせなければいけない。そのためには——。

辰男は心を鬼にして言った。

「じつは、淳一にはきみ意外にも、愛人がいたんだ。不倫していた女が」

口にした途端に、智実の眉間に深い縦皺が刻まれた。

「この前、その女の人にも逢ったんだ。彼女は宝石商をしている三十六歳の女性でね。七十を越える旦那がいるから、ダブル不倫だ」

「ウソだわ。わたしを幻滅させようとして、出鱈目を言っているんだわ」

「そうじゃない。彼女は保険のお得意さんだったよ。確か、もう二年になると言っていたね」

「二年ですか？」

「ああ、そう言っていたね」

きっと、自分ともろに期間がかぶっていることに苛立ちを覚えたのだろう。

「ウソよ。絶対にウソ。彼そんなこと一言も言ってないし、そんな様子もなかったわ」

「それは、淳一が上手く隠していたんだよ。俺様気質の男だけど、きっとそういうところは慎重だったんだろうね。まあ、男としては当然だけど……何なら、淳一のケータイに残っている彼女とのメールを見せようか」

辰男が淳一のスマートフォンを取り出すと、それを見た智実が、

「いいです。よく、わかりました」

ぴしゃりと撥ねつけた。見るからに肩が落ち、失望感がただよっている。

「だから、もう淳一とは縁を切ったほうがいい。父親の自分が言うのも何だが、女性にとってあんなひどい男はそうはいない」

駄目を押した。

「別れてもらえるね?」

「……お金をください。慰謝料をもらえたら、わたしも諦めます」

まさか、こんなかわいい子が手切れ金を求めてくるとは思わなかったが、しかし、これはこれで気持ちもよくわかる。むしろ、慰謝料を払ってきっぱりと別れたほうが後腐れがなくていいだろう。

「わかったよ。そうしよう」

言うと、また智実が泣き出した。

「ウソよ、ウソです……そんなこと、いやよ」

智実はさかんに首を左右に振る。

「困ったね」

どうしていいのかわからず戸惑っていると、智実が泣き濡れた顔をあげて、言った。

「……淳一さんが目覚めるまで、この件は保留にしておいていただけますか？わたし、このままではやっぱり納得できません。彼が目覚めたときに、また考えさせてください。お願いします」

任務を完遂できたとは言えないが、やはり、いきなり別れを切り出されても、女としてはすぐには承諾できないのだろう。

「そうか、わかった」

話が済んだとは言えないが、時間が来て、二人はカラオボックスを出た。

繁華街を駅に向かって二人で歩いていくと、智実がまた腕をからめてきて、その奇妙な歳の差カップルを行き交う人々が不思議そうに眺めていた。

第四章　秘密の儀式

1

梅雨が空けて、一気に気温があがったその夜遅く、辰男は自室のベッドを抜け出して、夫婦の寝室の隣に音もなく忍び込んだ。

淳一が事故にあってから二カ月が経過したが、いまだに淳一は目覚めない。訊けば、脳も他の臓器もしっかり動いているというから、何かのキッカケがあれば目覚める可能性はあると言う。

だが、二カ月の間、病室で眠りつづける夫を見守っているのは、妻としても精神がくたくたになるに違いない。この頃は、由実香もすっかり元気を失くしている。

辰男のほうは、いったん辞めた社長業を本格的に再開し、また、息子の愛人を別れさせようとして、結局は二人を抱くことになり、息子が生死を彷徨っているときに不謹慎との誹《そし》りを覚悟して言うなら、することがなくて無聊を託っていたときと較べると、生活は格段に充実している。

それゆえに、由実香が不憫でならない。そして、同情が愛に変わるという側面もあるのだろうか、この頃は、由実香のことが気になって仕方がない。

家で身体が接近しているときなど、ふいに抱きしめたくなって、それを必死にこらえている。

辰男はいつものようにそっと、丸椅子を京壁の前に置く。

これでもう何度目だろう。密かに由実香の寝姿を盗み見することが習慣になっていた。幸いにして由実香は無警戒で、覗かれていることにまったく気づいていないようだった。

パソコンの再生動画を見ながらの自慰を盗み見たときの、脳味噌が射精するような圧倒的な悦びが忘れられなかった。

あれ以来、由実香のオナニーシーンにはお目にかかっていないものの、彼女の寝姿はいくら見ても飽きない。

まだ起きていて、腹這いになって本を読んだり、スマートフォンを操作するとき、ナイティがまくれて、太腿があらわになったそのしどけない姿を見ているだけで、下半身が疼いた。

（今夜はどうしているだろう……？）

椅子の座面に足をかけて、慎重にあがり、物音を立てないように高窓から隣室をそっと覗くと――。

ベッドのスタンドの灯のなかで、由実香は仰向けになって、スマートフォンを操作していた。慌ただしく親指が動いているところを見ると、メールでも打っているのだろうか？

だが、こんな夜更けにメールを送る相手などいないはずだから、メモでもしているのか、それとも、スケジュールでも記しているのか？

頭をひねりながらも、まくれあがったナイティからのぞく子持ちシシャモみたいなふくら脛に見とれているうちに、由実香はスマートフォンを置いて、スタンドの灯を消した。

天井の円形蛍光灯のスモールランプだけが点いていて、その薄い明かりが、布団をかぶって、こちらを見る形で横臥する由実香をぼんやりと浮かびあがらせている。

辰男は窓ガラス越しにその優美な寝顔に釘付けになる。

と、そのとき、布団をかぶってやや〈の字になっていた由実香の輪郭が、腰を中心にじりっ、じりっと揺れはじめた。

(んっ……!)

最初はかすかに動いてる程度だったが、それとわかるほどに前後に揺れている。

そして、上になっているほうの右手が小刻みに動いている。

「……んっ……んっ……」

くぐもった声がかすかに聞こえる。

眉がハの字に折れ、繊細な顎が突きあがり、ついには、

「……あっ……あっ……」

と、小さな喘ぎを唇から洩らす。

(はじまったか……)

辰男が食い入るように見つめていると、由実香が仰向けになったので、その弾みで掛け布団がずれて、白いナイティがあらわになった。

それから、由実香は両手で身体を撫ではじめた。まるで、自分を慈しむような

触り方だった。

両手を交差させて、自分を抱きしめるように胸をぎゅうと鷲づかみにして、

「ぁあぁぁ……」

と、吐息を洩らす。

右手をゆっくりとおろしていき、膝丈のワンピース形ナイティが窪みをつくっているその太腿の奥を包み込むようにした。

目はぎゅっと閉ざされている。

そして、右手で円を描くように窪みを撫でまわしながら、片方の足を伸ばし、もう一方の膝を立てて、その膝を切なげに内側によじる。

辰男は力を漲らせはじめた下腹部のものを、パジャマの裏に手をすべり込ませて、じかに握った。すでにそれはドクン、ドクンと力強く脈打っている。

由実香の左手が襟元から押し込まれて、右側の乳房をつかんだ。

薄い布地を通して、その指が突起を挟んで、やさしく転がしているのがわかる。

右手はいつの間にか、純白のパンティのなかに入り込んで、白い光沢のある布地が持ちあがり、卑猥に波打つ。

それから、やや開いた両足で踏ん張って、純白のパンティが貼りつく下腹部を

もの欲しそうにせりあげはじめた。

指が届いている股間がぐいぐいと突きあがり、

「ぁあ……あっ……あっ……」

聞いているほうがおかしくなるような悩ましい声をあげて、顎を大きくのけぞらせる。

まさか自分の痴態を義父に見られているなどつゆほども思っていないはずだ。他人の目がないゆえの、素直な奔放さ——。

と、邪魔になったのか、由実香は両足を垂直に伸ばして、パンティを足先から抜き取った。

あらわになった恥肉とその意外に濃い翳りを隠そうともしないで、膝を開いて、右手をぐっと飛ばし、陰毛の底を撫でさすった。

それから、中指と薬指をまとめて、裂唇に押し込んだ。

由実香は左手を後ろに突いて上体を支え、大きく開いた太腿の奥に二本の指をさかんに抽送させる。

「ぁあ、いい……いいのよぉ……あっ、あっ」

目を閉じて、顔をのけぞらせる。

その今にも泣きださんばかりの眉根を寄せた表情や、激しく抜き差しされる指とその音、弾き出される蜜のぬめりが、辰男を高みへと引きあげていく。

(おおぅ、由実香さん……!)

淫らな自慰をひさしぶりに目の当たりにしたせいか、ひと擦りするたびに脳天が蕩けていくようだ。下半身も自然にがくっ、がくっと揺れている。

斜め下方で、由実香がびくん、びくんと痙攣をはじめた。

「……あっ……あっ……」

断続的に声をあげながら、上体を前後に揺すり、さらに、開いた足をピーンと伸ばして、親指をぎゅうとのけぞらしている。

(気を遣るんだな……!)

自分も一気に昇りつめようと我武者羅に擦ったのが、よくなかったのだろう。辰男はバランスを失いかけて、必死に戻そうとした。だが、遅かった。一度失ったバランスは取り戻せなかった。アッと思ったときは、椅子が傾いていた。

(ダメだ!)

とっさに飛び降りようとしたが、足の踏ん張りがきかず、椅子は横に飛び、辰男も空中を蹴る形でそのまま畳に叩きつけられた。

ドンッという凄まじい音がした。いや、響いた。

（ダメだ。由実香がきたら……）

とっさに飛び起きようとしたが、腰を痛打したのか、痺れたようになって動けない。

それでも、腰を押さえて何とか立ちあがろうとしていたそのとき、部屋のドアが静かに開いた。

ハッとして見ると、由実香が立っていた。

そして、訝しげな視線が、畳に無様に倒れている辰男と、転がっている丸椅子に注がれる。

このときになって、気づいた。

押しさげられたパジャマから、肉茎がすさまじい勢いでそそりたっていることに。

（終わった……）

こういうのを天国から地獄と言うのだろう。

あわててズボンをあげる辰男を見て、由実香が目を伏せた。

2

「ゴメン、悪かった」

夫婦のベッドにうつ伏せになって、強打した腰に冷感シップを貼ってもらいながら、辰男はひたすら謝った。

由実香は自分が覗かれていたと知ったのだから、当然、ショックは大きいだろう。だが、それを見せずに、シップを貼ってくれている。

怒ってしかるべきなのに、無言を通しているのは、あまりのことに怒りを通り越して呆れているか、それとも、恥ずかしいオナニーを見られて、そのことで頭がいっぱいになっているのか？

「これで大丈夫だと思いますが、もし明日になって痛みが強くなるようなら、病院に行ってください」

貼り終えて、由実香が落ち着いて言う。その言い方からは、由実香の気持ちはつかめない。

「ありがとう。手当てまでしてくれて……ほんとうに悪かった。ゴメン。このとおりだ」

辰男はベッドの上に正座して、額をシーツに擦りつけた。

断罪の言葉を待ち受けていると、由実香の声が響いた。

「……困ったお義父さまですね。もう、いいです。頭をおあげください」

「えっ、許してくれるの？」

「……すぐには許せません。でも、とにかく、頭をあげてください。お義父さまにそんなことをされたら、困ります」

辰男はおずおずと頭をあげる。

と、すぐ近くに由実香の顔とナイティに包まれたノーブラの胸がせまっていて、辰男は理性を失いそうになる。

「腰は大丈夫ですか？」

由実香がやさしい表情で訊いてくる。

「はい……大丈夫のようです」

「ふふっ、お義父さま、おかしいわ。悪戯を発見された子供みたいに畏《かしこ》まって」

由実香がにっこりしたので、胸の痛みが少しだけ薄れた。

「念のために、もう一度見せてもらえますか？　剝がれていると困るから」

「えっ……ああ、頼みます」

辰男がパジャマをまくりあげると、由実香は後ろにまわるのではなく、前から両手を腰にまわして、湿布を確かめてきたので、その柔らかい髪が顔面に触れて、胸のふくらみの弾力も胸板に感じて、辰男は進退窮まった。

白いナイティの胸には、乳房のふくらみばかりか、頂上の突起までもぽつんとせりだしているのだ。

しかも、リンスと汗と体臭の混ざった悩殺的な香りが濃密に感じられて、頭がくらくらしてきた。

「……お義父さま、いつから覗き見していたんですか？」

由実香が腰から手を外して、間近で訊いてきた。

今日が初めてで、ついつい出来心で、と誤魔化せばいいのだろうが、不誠実なような気がして、ついつい事実を打ち明けていた。

「……いつだったかな？　トイレに立ったら、由実香さんが人と話しているような声が聞こえたんだ。途中から、その……あの声が……だから、どういうことか知りたくなって、ついつい隣の部屋から。そうしたら……」

言いかけると、思い当たる節があるのだろう、由実香が何かを思い出したような顔をした。

「そうしたら……由実香さんがパソコンを見て、あの……淳一の声を聞きながら、あれしていたから……」

「そうですか……あのとき……お義父さまに……」

由実香はがっくりと肩を落とした。それから居たたまれなくなったのか、顔を隠してベッドを降り、出ていこうとする。

辰男はとっさに追って、由実香の肩に手をかけた。

「悪かったね。してはいけないことをしてしまった」

「……、もう生きていけません」

その場にしゃがみ込もうとする由実香を抱えるように、ベッドの端に座らせて、辰男はその前にひざまずいた。

「許してくれ」

前にしゃがんだまままうなだれていると、由実香が言った。

「さっき、お義父さま、あそこを大きくなさっていましたね？」

「えっ……？」

由実香は、先ほどまでの打ちひしがれていた表情とは違って、居直ったような、何かを思いついたような顔をしていた。

「あそこを大きくなさっていましたね」

「……申し訳ない。この通りだ」

辰男は床に平伏した。と、由実香がまさかのことを言った。

「見たいです」

「えっ……？」

「お義父さまがご自分でするところを」

（いったい何を言ってるんだ？）

辰男は真意を知りたくて、由実香の瞳のなかを覗き込んだ。

「わたしはお義父さまに恥ずかしいところを何度も見られました。だから、お義父さまにも……。そうしたら、わたしもお義父さまを許せるかもしれない」

話の筋道はわかったが、由実香のような妻の鑑《かがみ》のような女がこんな大胆な提案をすることが信じられない。

しかし——。由実香だって生身の女だ。肉欲だって、性的興味だってある。夫と二カ月も離れ、孤閨《こけい》を守ってきて、それが嵩じているのかもしれない。

「それで、許してくれるのか？」

「……たぶん」

「……じゃあ……やるけど……」

辰男はパジャマのズボンとブリーフをつかんで、おずおずと膝までおろした。

だが、股間のものはこの一連の会話でだらんとしていた。

「悪い。その……今、怒られたんで、あれがまだ……」

「どうしたら、いいですか？」

「……我が儘を言わせてもらえるなら、その、由実香さんが……見せてくれれば」

「しょうがないお義父さまですね」

子供をいましめるように言って、由実香はベッドのヘッドボードに背中をもたせかけ、膝を立てて少し開いた。

「見えますか？」

ちらりと上目遣いに、辰男を見る。

「あまり、よくは……近くに寄っていいかい？」

「ほんとうに我が儘なんですね」

「ああ、ゴメン」

「いいですよ。来てください」

由実香の口調がいつもと違うなと思いつつも、辰男もベッドにあがり、なかほどまで移動して、両膝立ちになった。

まだ柔らかなものをかるくしごき、上下に振ると、ペチン、ペチンとそれがぶつかる音がして、少しずつ硬化するのがわかる。

由実香の様子をうかがうと、眩しいものでも見るように目を細めて、いきりたっていく肉の棹を見ていた。

(ああ、やはり由実香さんは今、昂っているんだな)

だから、こんな提案をしたのだろう。すらりとした足が少しずつひろがっていった。

「ああ、何か……」

由実香がつらそうに顔をそむけた。そうしながら、陰唇に二本の指を添え、思い切るように指をV字に開いた。

「おっ……!」

完全に視線が釘付けになった。

由実香は内部の赤みをあらわにしながら、もう、恥ずかしくて仕方がないといった様子で、あらぬ方向を向いている。

「ぁあぁ……もう……」

左右の人差し指を近づけたり、遠ざけたりするので、陰唇がくっつたり離れたりして、ねちっ、ねちゃと淫靡な音が聞こえる。

辰男は力を漲らせた分身を握って、強めにしごいた。

最初はとまどいのほうが大きかったが、愛する女にセンズリを見せているというささかヘンタイ的な状況がそうさせるのか、むしろ、サディスティックな気分になった。

カチカチになった肉胴をしごき、亀頭冠の敏感な部分を刺激すると昂揚感がひろがり、先走りの粘液が潤滑油代わりになってすべりがよくなり、ますます陶然としてくる。

「あの、もっと近くで見ていいかい？」

「えっ……でも……」

「いいかい？」

由実香が潤みきった目でうなずいたので、移動していき、開いた足の間に顔を寄せた。

発情した女性特有の甘酸っぱい性臭が鼻を突いた。そして、至近距離で目にする由実香の雌花は、ややこぶりで、幾重もの肉襞が鮮やかな紅色に充血し、下のほうにくず湯のようなオツユが溜まっている。おずおずと訊いた。

「触っていいかい？」

「ダメ……」

由実香が非情なことを言う。

意気消沈していると、それを励まそうとでもするように、由実香は右手の指で陰唇を押し退けるようにして、内部をまわし揉みした。

それから、自分で陰核の莢を剝き、あらわになった珊瑚色の本体を指先でゆるゆると円を描くようにしてタッチして、

「あうぅ」

と、抑えきれない声を洩らし、顔をのけぞらせる。

「触りたい。舐めたい。ダメか？」

「お触りはダメです。その、代わり……」

由実香は下腹部をせりあげ、クリトリスを素早く指でこねては、

「ぁあああ、見てください……」

哀切に喘ぐ。それから、とろんとした目でこう言った。

「お義父さま、見せて……」

ならばと辰男は勇み立ち、由実香の足をまたいだ。

ちょうど、由実香の目の高さにある硬直を激しくしごいた。

五本指で鷲づかみにして全体を擦り、それから、親指と人差し指と中指で輪を作って、猛烈に擦った。

由実香もうっとりとその指づかいとそそりたつ肉棹に見とれつつ、さかんに股の奥をいじっている。

下腹部の疼きがひろがってきた。一線を越えようとしているのがわかって、思わず訴えた。

「ぁああ、ダメだ……イキそうだ。出そうだよ、由実香さん」

そのとき、まさかのことが起こった。

由実香がいきなり顔を寄せたと思ったら、勃起に貪りついてきたのだ。

両手で辰男の腰を抱き寄せ、そそりたつものを一気に頬張ってきた。

「くっ……！」

温かいゼリー状のものに分身を包み込まれているようだ。

（あり得ない。触らせてくれもしなかったのに、どうして？）

だが、これは間違いなく現実に起こっていることだ。

柔らかくウエーブした黒髪が肩に散り、すっと伸びた鼻梁が見え、その下の唇がＯの字になって、いやらしく濡れた肉棹を咥え込んでいる。

（由実香さんが、おチンチンを……！）

呆然と見守るなか、Ｏの字になった唇がゆっくりと動きはじめた。サクランボのように朱くぷにっとした唇が静かに茎胴を往復するごとに、ジーンとした痺れにも似た愉悦が駆けあがってくる。

「ああ、由実香さん、ダメだ……出そうだよ」

思わず訴えると、由実香はちゅるっと肉柱を吐き出し、

「いいんですよ。口に出して」

やさしく包み込むように言って、また頬張ってくる。

今度は根元のほうを握って、強くしごいてくる。そうしながら、亀頭冠の出っ張りに引っかけるようにして唇を猛烈に行き来されると、辰男はにっちもさっちも行かなくなった。

「出すよ。いいんだね？」

由実香は咥えたままうなずき、全身を使って追い込んでくる。根元をぎゅっ、ぎゅっとしごき、上体を顔とともに打ち振って、亀頭冠のくびれをなめらかに摩擦してくる。

灼けるように熱いものが駆けあがってきて、

「出るよ……出る……ぅあっ……！」

天井を仰いだとき、マグマが迸った。

「おっ……あっ……」

下腹部ばかりか、頭まで爆ぜたような凄まじい快感が体を突き抜けていく。目眩を感じながらも下を見ると、由実香は頭部を頬張ったまま、コクッ、コクッと喉を鳴らしている。

3

その日以来、二人は奇妙な性の遊戯にとり憑かれた。それは、決して他人には公にできない二人だけの秘密の儀式だった。

由実香は多くの時間を、いまだ覚醒しない淳一の隣で過ごし、帰宅して、夕食を準備し、辰男の帰宅を待つ。

そして、辰男は社長業に勤《いそ》しみ、時には入院中の息子を見舞いに行き、由実香とともに帰宅したりする。

二人は家で夕食を淡々と摂り、リビングで寛ぎ、風呂に入り、ベッドに就く。

由実香が寝室に入ったのを確認して、辰男はいそいそと隣室に行き、高窓から覗く。

コンコンとかるく窓を叩くのが合図で、由実香は義父が覗いていることを知る。

そして、由実香はベッドで様々な痴態を見せてくれる。

一気に気温があがったその夜、由実香はいつも以上にベッドで奔放だった。

まるでストリッパーが観客を意識して薄物を脱ぐようにナイティを頭から抜き取り、いっそう肉感的になったように見える裸身をしどけなくくねらせて、辰男のほうに足をひろげる。辰男に見せつけるように華麗な指づかいで、乳房を揉みしだき、太腿の奥に指を遊ばせた。

それから、この前使っていたディルドーを取り出し、開脚した足の中心に息づく女の恥肉を肌色の亀頭部でなぞりはじめた。

「ぁああ……」と大きくのけぞり、張形を自らの陰部に擦りつける由実香は、日常でのよき主婦という仮面を脱ぎ捨てた、欲望をあらにした女そのものだった。

由実香のなかには、義父と娘なのだから一線を越えてはいけないという思いがあるのだろう。だから見せている。見せることで性欲を満たしている。

だが、それは辰男にとっては、もてあそばれているのと同じだった。

そのとき由実香は右手でディルドーを下腹部に擦りつけながら、辰男に向かって、左手でおいで、おいでをした。

(えっ……?)

その手招くような所作にとまどった。あの夜以来、由実香の部屋には行っていない。

(行っていいのか?)

迷っているうちにも、由実香は明らかにこちらを見て、何度も手招いている。

「いいのか?」

窓のこちら側から声を絞り出した。

と、由実香がうなずいて、もう一度、おいでおいでをした。

辰男は椅子から転げ落ちそうになりながらも、急いで隣室に向かう。

ドアを開けて、寝室に足を踏み入れた。

ベッドの上で全裸の由実香がディルドーを舐めていた。

枕元の橙色のスタンド灯と天井のスモールランプに浮かびあがるその艶かしすぎる姿に辰男は吸い寄せられていく。

「お義父さまも脱いでください」

「わかった」

辰男は急いでパジャマと下着を脱ぎ捨てた。

由実香はいきりたっている辰男の股間にちらりと視線をやって、うれしそうな顔をした。それから、手にした肌色のディルドーに舌を這わせる。

悩殺的な光景に目を奪われているうちにも、由実香はディルドーを合掌するように持ち、ゆっくりと唇をかぶせていった。

そして、辰男を上目遣いに見ながら、大きく顔を打ち振って、ディルドーを頬張り、吐き出して、唾液まみれのものを辰男に向かって差し出した。

「これで……してください」

「えっ……？」

「これを使って、わたしを……」

「いいの？」

由実香はうなずいて、ベッドに四つん這いになり、尻を突き出してきた。象牙色に輝くヒップは丸々として、充実しきり、今が由実香の女の盛りであることを伝えてくる。

双臀の底で息づく女の証は、縁が蘇芳色《すおういろ》に濃くなったぷっくりとした肉萼《がく》が、せめぎ合うようにして小さな女の口を護っている。触りたくなって、ダメもとで気持ちを伝えた。

「指でひろげていいかい？」

「……ええ」

ああ、とうとう許可が出た——。

初めて触れられる悦びに打ち震えながら、左右の陰唇に指を添える。ねちっと音がして、フリルのように波打つ陰唇がひろがり、内部の赤みがぬっと現れた。

滲みだした蜜で明かりを反射するほどに濡れていて、上のほうで小さな孔がピンクの粘膜をのぞかせて、呼吸をしている。

「ああ、お義父さま、恥ずかしいわ」

「ああ、ゴメン……い、入れるよ」

「……はい」

辰男はディルドーの矢印形にひろがった頭部を、膣口に押しあてた。馴染ませようとして裂唇をなぞると、陰唇がひろがって、

「ぁああうぅぅ……」

由実香が四つん這いのまま、顔をせりあげた。

「気持ちいいのかい？」

「ええ……気持ちいい。お義父さまにしてもらったほうが自分でするより、ずっと気持ちいいわ」

そう言って、由実香はもっととばかりに腰を揺らめかせる。

辰男はさっきよりひろがって見える膣口に張形を押しつけて、慎重に力を込めていく。

上反りしたディルドーが静かに入り込み、締めつけてくる圧力を感じながら、強く押し込んだ。狭隘《きょうあい》な箇所を突破すると、あとはぬるぬるっと嵌まり込んでいき、

「うあっ……！」

由実香が顔を撥ねあげた。

ディルドーはまだ半分ほどしか入っていない。それでも、充分深いところに届いているという実感が手に伝わってくる。

ゆるゆるとディルドーを抜き差しした。

強い食いしめを感じながら出し入れすると、白濁した蜜がすくいだされ、

「ぁあぁ……ぁあああ、いい……お義父さま、気持ちいいわ」

由実香が心底からの声をあげた。

上反りしている張形を半回転させた。すると、肉襞もからみついてきて、由実香は「くぅぅ」と苦しそうな声を洩らした。

だが、ディルドーを下に向けて、ゆったりと抜き差しをすると、由実香の気配が変わった。

「ぁあああ、いい……お義父さま、それ、いいの……ぁあうぅぅぅ」

四つん這いの姿勢で、なめらかな背中をしならせる。

この向きのほうが、膣の前面にあるGスポットを亀頭部が強く擦るのだろう。

少しずつコツのようなものがわかってきて、出し入れしている間に、自然に挿入が深くなり、張形がほぼ根元まで埋まってしまった。

辰男が吸盤になった底を手のひらで押すと、長大なディルドーが子宮口まで届

いたのか、

「ぁあうぅぅ……ぁあああぁぁぁ」

由実香がシーツを鷲づかみにして、顔を大きくのけぞらせた。

（すごい。こんな大きなものが……！）

女体の神秘に驚きながらも、張形の底を手のひらで押して力を抜くと、反発するようにそれが押し出されてくる。そこをまた押すと、ディルドーがすっぽりと嵌まり込んで、

「くうぅぅ……」

と、由実香がシーツを握りしめる。

4

「ああ、お義父さま……来て」

由実香が振り返って、眉根を寄せた哀切な顔で訴えてきた。

「……来てって？」

「キスしてください」

「いいのかい?」

由実香が静かに顎を引く。

辰男はいったんディルドーから手を離して、由実香を仰向けにした。

張形は半分以上はおさまったままで、呼吸に合わせてわずかに出たり、入ったりを繰り返している。

(ほう、すごいな。吸盤みたいなオマ×コだ)

辰男はディルドーはそのままにしておいて、顔を寄せる。と、由実香が自分から唇を合わせてきた。

サクランボみたいにぷにっとした唇だった。

由実香のついばむようなキスが少しずつ激しいものに変わり、ついには両手で辰男を抱き寄せながら、角度を変えて唇を強く押しつけてくる。

半開きになった唇の間から、喘ぐような吐息が洩れ、甘い桃に似た唾液が匂う。

(いいのか、いいんだな?)

辰男がおずおずと舌を差し込むと、唾液を載せた女の舌がまとわりついてくる。

こうしていると、二人がひとつに溶け合ったような気がする。蕩けるような陶酔感が全身にひろがってくる。

キスを終えて唇を離すと、唾液の糸が伸び、スタンドの灯を浴びて、ぬらっと光った。

「お義父さま……」

「何だい？」

「胸を、胸を吸ってください」

由実香が切なげに眉を折って、哀願してきた。

（そこまで許してくれるのか……）

辰男は感激にひたりながら、左右の鎖骨にキスを浴びせ、その窪みに舌を這わせた。乳房をぐいとつかむと、柔らかいが張りある肉層が指の間でぐにゃりと形を変えて、

「ぁああっ……！」

由実香の驚いたような、感じたような声が爆ぜる。

量感あふれる乳肉が手のひらを豊かな弾力で押し返してきて、凜と張った薄い乳肌からは蒼い血管が幾本も透け出している。

やや上方についた乳首はまるで舐めてほしいとでもいうように、ツンと尖っている。

硬くしこったそれを、あむとばかりに頬張ると、

「くっ……！」

由実香が顎を突きあげるのが見えた。

（ああ、感じてくれている）

由実香はもうひさしく淳一には抱かれていないし、オナニーでは満たされない渇望がこの熟れた肉体を衝き動かしているのだろう。

だとしたら、その飢えを満たすのが自分の役目だ——。

唾液まみれの突起を上下にやさしく舐め、左右に速いリズムで舌を打ちつける。

そうしながら、もう片方の乳首も指に挟んで転がしてやる。

「ぁあぁぁ……あっ……あっ……」

心からの喘ぎが、由実香の口を衝いてあふれでる。

（もっとだ……）

辰男が乳首を乳暈ごとつまんでこねながら、乳首のトップにちろちろと舌を走らせると、

「ぁああ、それ、ダメっ……くぅぅぅぅ」

由実香は口許に手の甲を持っていって、がくんと顔をのけぞらせた。

乳首への愛撫をつづけるうちに、由実香の下腹部が突きあがりはじめた。

ぬめ光るディルドーを呑み込んだ女の壺が、もっと欲しいとばかりにぐぐっ、ぐぐっとせりあげられる。

（そうか、動かしてほしいんだな）

辰男は乳首を左手でこねながら、右手でディルドーを抜き差しする。いったん差し込んで浅瀬へと引いていくと、それを下腹部が追ってくる。

深く押し込んだまま止めると、由実香は自分から腰を上下左右に打ち振って、貪欲に快感を得ようとする。

このまま抽送をつづければ、気を遣るだろう。

だが、それで終わるのは、いやだった。せっかくのチャンスを満喫したい。もっとこの肉体を味わいたい。

辰男はディルドーを押し込みながら、乳首を吸い、しゃぶり、舌で転がす。

それから、キスを少しずつ降ろしていく。

見事にくびれた細腰に向けて唇を押しつけて、縦長に窪んだ裾に尖らせた舌を押し込んで、ちろちろとあやす。

そのひとつひとつに、由実香は敏感に応え、哀切な声をあげ、そして、腰を揺らめかせる。

（ああ、何と素晴らしい身体だ……）

きめ細かい肌はなめらかで、しっとりと汗ばみ、下側からピンクが透け出したように透明感がある。そして、乳房や尻はたっぷりの肉をたたえて、その流線型に似た曲線が女らしい柔らかさとそそるような肉感を伝えてくる。

灯台もと暗し――などと言ったら、息子に怒られるだろうが、あまりにも身近すぎてかえって気づかないものもあるのだ。

由実香の身体はまさに宝物だった。

辰男はざらざらする陰毛を舐め、それから、太腿へと舌をおろし、膝小僧から向こう脛、足の甲へと舐めおろしていく。

「由実香さん、悪いが自分でこれを……」

と、由実香の手をディルドーに導き、辰男は足指をしゃぶる。

見かけのイメージを裏切らない、細長くて、甲の高いきれいな足だった。

足指は長く、小さな五つの爪は桜貝のような美しい光沢を放ち、今は恥ずかしそうに内側に曲げられている。

辰男は繊細な足を捧げ持つようにして、まずは足の裏に舌を走らせる。深い

アーチに沿って舌を這わせると、

「……くすぐったいわ」

由実香がくすっと笑う。

「じゃあ、ここはどう？」

足の踵を舐めた。

そこはダリアの球根のように丸く、わずかに角質化していて、その硬い感触が新鮮だった。

「ああっ、そんなところ……あっ……」

踵の丸みに貪りつき、筋張ったアキレス腱を舐めあげると、由実香はびくっとして足を引こうとする。

辰男は逃げようとする足を引き寄せ、そのまま足裏を舐めあげていき、足の親指にしゃぶりついた。

「あっ……くっ……」

されたことがないのか、由実香が首をすくめるように親指を曲げる。

だが、辰男が執拗に頬張るうちに、親指が抵抗を諦めて伸びてきた。

力が抜けた親指を舐めしゃぶり、唇を窄めてしゅぽしゅぽと頬張る。すると、由実香の気配が変わり、抑えきれない喘ぎがこぼれた。

由実香は伸ばした右手でディルドーをつかみ、さかんに抜き差しをしているのだった。

妻の鑑とも言うべき女が、恥も外聞もなく、あさましいほどの痴態を自分の前で見せてくれている。そのことが、辰男にはうれしい。

親指を吐き出して、人差し指との狭間に舌を突っ込んだ。白さの目立つ水掻きの部分にちろちろと舌を走らせる。

「あっ……ぁあぁぁ……あっ……」

由実香はひろげられた足指を内側にたわめたり、反らしたりしながら、ディルドーを激しく体内に打ち込み、そして、これ以上は無理というところまでのけぞっている。

このままつづければ、由実香は昇りつめてしまうのではないだろうか？

それももったいなさすぎる。

辰男は抜き差しならない思いに駆られ、ダメもとで訴えた。

「あなたと繋がりたい。ほら、これを……」

由実香の空いているほうの手をつかんで、勃起に導いた。しなやかな指が分身にまとわりついてくる。

「これを、あなたのなかに入れたい」

「……わたしもそうしたいんです。でも……できない」

「そうか……そうだな。悪かった」

「でも……お口でなら。お義父さま、こっちに……」

挿入できないのは残念だが、二人の関係を考えれば、由実香の言うことが正しい。しかも、その代わりに口でしてくれるというのだから。

辰男は嬉々として、体位を変える。男が上になる形のシックスナインで、由実香をまたぐ。

と、由実香が勃起を指で握って角度を変え、慎重に咥え込んでくる。

温かい口腔に半分ほど包まれ、ぷにっとした唇がからみついてきた。

「ああ、由実香さん、気持ちいいよ」

思わず口にすると、由実香はさらに奥のほうまで唇をすべらせる。

怒張したものを根元近くまで頬張られる悦び——。

陶然としながらも、由実香を歓喜に導きたくて、股ぐらにおさまっている肌色の人工ペニスをつかんだ。

ゆるゆると抜き差しをすると、じゅぶっ、じゅぶっと洪水状態のとば口を張形が犯し、陰唇がめくれあがり、粘膜がまったりとからみついてくる。

行き来を阻むような抵抗感を押し退け、出し入れするうちに、

「うぐっ……ぐっ」

由実香は湧きあがる愉悦をぶつけるように、顔を懸命に振って、辰男の肉茎を唇でしごいてくれる。

下腹部から立ち昇る甘い陶酔感に酔いしれながらも、辰男はかろうじてディルドーを出し入れする。

すると、由実香の下腹部がこうすればもっと感じるとばかりに、ディルドーに向かって突きあがってきた。せりあがってくる亀裂に向けて張形を押し込むと、

「ぁああ、ダメっ……あうぅぅ」

由実香は肉棹を吐き出して、感極まったように顔をのけぞらせた。

それでも、またすぐに頬張ってくる。

だが、この姿勢では由実香は思う存分フェラチオはできないだろう。そう思って、辰男は自分から腰を使った。

必死に咥えている由実香の口に向けて、いきりたちを叩き込む。そうしながら、

同じリズムでディルドーを出し入れする。

まるで、由実香と本番行為をしているような気がする。

「ああ、出そうだ。出そうなんだ。いいかい？」

訴えると、由実香は怒張を咥えたまま、首を縦に振る。

辰男は腰をつかいながら、ディルドーを激しく叩き込んだ。

目の当たりにしている光景をどう表現したらいいのか？

由実香は、まるでカエルが腹を向けて伸びたような格好で、両足をくの字に開き、ディルドーの抽送に合わせて、下腹をせりあげている。

さらけだされた内腿が引き攣り、すくいだされた淫らな蜜が鼠蹊《そけい》部をぬらぬらと卑猥に光らせている。

「おおぅ、くぅ……出そうだ」

辰男は自分が射精できるリズムと強さで、硬直を口に打ち込む。

鼻で息をしながらも由実香は懸命に唇を締めてくれているので、甘い疼きがさしせまったものに変わった。

だが、由実香にもイッてほしい。気を遣ってほしい。

辰男は右腕の疲労を感じながらも、張形を抜き差しする。速いピッチで浅瀬を擦りつづけたとき、由実香の腰が撥ねあがった。

「あおお……ぐっ、ぐっ……」

がくん、がくんと腰が躍りあがり、痙攣のさざ波が肌を走り抜ける。

「よし、イケ。イキなさい」

とどめとばかりに深いところに打ち込むと、

「くっ……！」

くぐもった声が鋭く響き、腰が持ちあがった。ぐーんとブリッジした状態で、尻を浮かせる。

（よし、今だ！）

辰男がつづけざまに腰を振った次の瞬間、分身がふくれあがり、爆ぜた。

「ぁあああおおぉ……」

目が眩むような射精感に襲われて、吼《ほ》えながら放っていた。

絶頂のパルスに矢のように貫かれ、ツーンとした射精感が全身にひろがっていく。

あまりの歓喜に尻が痙攣しているのがわかる。

そして、由実香は昇りつめながらも、肉棹を離さない。

射精を終えたとき、由実香の喉が小さく動くのがわかった。

辰男はベッドにごろんと横になり、天井を仰いでいた。

円形蛍光灯のスモールランプのわずかな明かりさえ眩しく感じてしまう。

腰を酷使したわけではないが、息が切れている。右腕の張りを感じながら必死に呼吸をととのえる。

すぐ隣では、由実香が目を閉じて、満ちたりた顔をしていた。

この美しくも淫らな女は息子の嫁であり、そして、自分は義父である。

淳一の意識が戻ったとき、二人に肉体関係があったら家庭は崩壊するだろう。

そういうことをしてはいけない。由実香の判断は正しい。

だから、我慢するんだ。これで充分じゃないか——。

由実香の黒髪をそっと撫でた。

すると、由実香が目を見開いて、はにかむように辰男を見た。

それから、辰男の二の腕と肩に頭を載せ、片足を下半身にからませるようにして、ぴったりと身を寄せてくる。

由実香の重さを感じる。いまだ濡れている恥肉を感じる。

もう一度頭を撫でると、由実香がぽつりと言った。

「二人だけの秘密ですね」

「ああ、そうだ。二人だけの秘密だ」

そう言って、辰男は汗の引きかけた肢体をそっと抱いた。

第五章　二重の赤い縄

1

このまま、淳一が目覚めないでいてくれれば——。

そう思っている自分に気づいて、辰男は激しい自己嫌悪に陥った。

（今だけだ。淳一が眠っている間だけ、由実香さんと……）

が、いずれしろ、淳一が目覚める前に、息子の女関係だけはきれいにしておきたい。

いよいよ本格的な夏が訪れようとしていたその日、辰男は浄化作戦の最後のひとりにかかった。

『葉月《はづき》』とだけ書かれた女性との交信記録が、淳一のケータイに残っていた。頻繁にメールや電話の記録がある女性は三人だから、彼女さえクリアすれば、どうにか任務は終わる。

社長室から、淳一のスマートフォンで、『葉月』のケータイに電話を入れると、しばらくして、女の驚いたような声が聞こえた。

「……淳一さん？」

息子を淳一さんと呼ぶその口調で、やはり、二人は深い関係があるのだと思った。

「……申し訳ない。淳一はまだ目覚めておりません」

「……え、では……」

「西村辰男。淳一の父です」

正体を明かすと、電話の向こうで女がハッと息を呑む気配が伝わってきた。

「すみません。すごく声が似ていたので……」

「淳一のケータイから電話をしているので、間違われたんでしょう。無理もありません」

「あの、お父さまがなぜお電話を？」

「少し、お話ができないかと思いまして」

「お話と言いますと？」

「淳一の事故のことはもうお知りになっていらっしゃいますね」

「はい、承知しております」

「で、そのことでいろいろとお訊きしたいことがありまして……淳一の容態も伝えたいので。一度、お逢いしたいのですが」

「……もう、一度お目にかかっていますが」

「えっ……？」

「いえ、いいんです」

葉月という名前を必死に思い出すのだが、思い当たる節がない。

「とにかくお逢いしたい。淳一の様子をお伝えしたほうがよくはないですか？」

「……そうですね。では、一度だけなら……」

「わかりました。いつでもよろしいですよ」

「……では、今度の祭日の夕方なら」

「大丈夫です。では……」

辰男は待ち合わせの場所を決めて、電話を切った。

そして、二日後の祭日の午後六時——。

辰男が彼女の指定した都心のカフェで待っていると、ひとりの女が扉を開けて入ってきた。ちらりと辰男を見て、真っ直ぐに向かってくる。

中肉中背でノースリーブのワンピースに夏用のカーディガンをはおり、髪を短くまとめた、ちょっと神経質そうな美人だった。

(んっ……?)

近づいてきた女の顔を見て、どこかで見た顔だと思った。

(そう言えば、彼女は一度僕と逢っていると言ってたな)

見覚えのある顔を思わず凝視してしまった。

「おひさしぶりです」

女がかるく会釈をした瞬間に、彼女が誰であるかを明確に思い出した。

「あっ……由実香さんの友人の……ええと」

「はい、山沖《やまおき》葉月です。一度、お宅にお邪魔したことがあります」

「ああ、やはりあのときの。すみません、歳をとると記憶力が悪くなって……どうぞ」

向かいの席を勧めると、山沖葉月は椅子に座って、柔和な笑みを口許に浮かべて、はにかむように辰男を見た。

辰男が社長を引退して家にいたとき、由実香の高校時代からの親友だという女性が家を訪ねてきた。

確か、保険の勧誘の件だった。淳一が社長に就き、新しい顧客が欲しくて、由実香の友人をひとまず招いて、由実香のほうから彼女が入っている保険の状況を訊き出したのだったと思う。

では、淳一とのやりとりは、保険に関することだったのだろうか？　いや、そうではなかった。メールには、間違いなく二人の愛の言葉が記してあった。

ということは、この女は親友の夫と関係を持ったということか？

そんな疑惑を抑えて言った。

「すみませんね。呼び出したりして……淳一のケータイの記録に、葉月と記された女性とのメールがあったものですから、どなただったかと思いまして」

「……あの、メールはどんな内容でした？」

葉月がおずおずと訊いてくる。

「いや、まあ……こんな」

辰男が淳一のスマートフォンを出して、メールを開いて見せると、それを読ん

だ葉月の顔が見る間に曇り、シラを切ることは難しいと感じたのだろう、

「すみません」

深々と頭をさげた。

「ということは、やはり二人は……？」

「その前に、このことは、絶対に由実香には言わないでいただけますか？」

「もちろん……二人は友だちと聞いていますから」

言うと、葉月がきゅっと唇を噛んだ。

「すみません。あのときわたし、主人と上手くいっていなくて……主人が浮気をしていて、だから……」

「あなたもそのお返しとばかりに、淳一と……」

「すみません。わたしがいけなかったんです」

葉月がうなじが見えるほどにうつむいた。

カーディガンの肩が小刻みに震えているところを見て、この人は心底から罪悪感に苛《さいな》まれているのだという気がした。

「頻繁に逢っていたわけではないです。ただ、どうしても淳一さんと別れられなくて」

なるほど——。

あのパソコンの映像を見る限り、淳一のセックスはかなり我が儘だが、その分、女性に強烈な印象を残してしまうこともあるだろう。そして、葉月は逢引も重ねるうちに、ダメだとわかっていても淳一との情事にのめり込んでしまい、別れられなくなったのだろう。

しかし、三年も——。由実香の顔が脳裏をかすめた。

由実香が可哀相だった。そして、いくら事情があったとはいえ、親友を三年もの間裏切っていた葉月に、怒りさえ覚えた。

だが、ここは冷静に対処しなければいけない。

もう一度、落ち着いて葉月を観察した。

由実香と同級生だというから、二十九歳のはずだ。

目と目の距離が近いせいか、どこか神経質で、寂しそうに見える。ノースリーブの二の腕は長く、細く、全体の雰囲気が由実香に似ているが、由実香のほうが肉付きも良く、華やかさがある。

このどこか暗い雰囲気や頼りなさげな感じが、俺様気質である淳一の気持ちをかきたてたのだろう。親子であるだけに、息子の気持ちは何となくわかる。

「失礼ですが、ご主人は今夜は？」

「はい……上司とゴルフ旅行に出ていて……」

「お子さんは？」

「いません」

「そうですか……」

ついつい、葉月の味気ない結婚生活を想像してしまい、同情しそうになる。

「あの……淳一さんの容態はどうなんでしょう？」

葉月が心配そうに眉根を寄せた。

「それが……なかなか意識が戻らなくて。脳波は動いているから、いつ目覚めても不思議ではないんですがね」

「そうですか……それで、由実香は病室に？」

「ええ、毎日、付き添っています」

「……そうですか」

葉月の表情に影が落ちた。

きついようだが、ここははっきりさせておかなければいけない。

「今日お逢いしたのは他でもありません。淳一と別れていただきたい。淳一もあんな状態だし、たとえ意識が戻っても、もう連絡しないでほしい」

非情に徹して言い、葉月を見た。

葉月は視線を落として唇を噛んでいたが、やがて、顔をあげ、

「わかりました。淳一さんとは別れます」

辰男の目を見て言い、

「失礼しました」

自ら席を立った。

2

山沖葉月から、逢いたい旨の連絡が入ったのは、二週間後だった。

待ち合わせのホテルのロビーに到着すると、すでに葉月は来ていて、その姿に驚いた。

どこかのパーティに出た後かと思うような、裾のひろがった華やかなカクテルドレスを着て、肩に黒いシースルーのボレロをはおっていた。ミドルレングスの髪は栗色に染められて、口紅もやけに赤く濡れ光っている。

葉月は辰男の姿を認めるなり、近づいてきて、腕を組み、

「行きましょ」

と、辰男をリードして、エレベーターホールに向かう。

先日と別人のような葉月にとまどった。

「あの……これは、どういう？」

「わたし、夫と別れることに決めました」

葉月は平然と言って、エレベーターに辰男とともに乗り込む。

「別れるんですか？」

「はい……」

この前は淳一と別れると約束してくれたから、この人はつづけて二人の男と縁を切ることになるのだが。

二十五階でエレベーターを降り、葉月はカードキーで部屋を開け、辰男を引き入れる。

窓辺まで行って、カーテンを開け放ち、都心の夜景を眺めながら言った。

「わたし、もともとはデザイン関係の仕事をしていたんですよ。結婚して辞めたんですが……」

「そうですか」

「それで、決心しました。淳一さんとも主人とも別れて、デザインの仕事をやっていこうと。自立して行こうって……」

きっぱりと言う葉月は、何かを吹っ切ったような晴れやかな顔をしている。

「もう、男はコリゴリ……だから、男を絶つことに決めました」

それはそれでいいのだが、辰男をホテルの部屋に招いたこととの関係性がわからない。

「西村さん、お願いがあるの」

「何ですか？」

「男を絶つ前に、充分にセックスを味わいたいの。やり溜めしておきたいの。そのお相手として、西村さんしか考えられないんです」

「僕ですか？」

「はい……だって、西村さん、淳一さんに似ているんですもの。淳一さんを渋くした感じで……」

「いや、それはいけませんよ」

「どうして？　あなたが淳一さんのお父さまだから？」

「それもある……」

辰男には、葉月という女がまるでわからない。最初に逢ったときは、暗い感じで、とても、こうしてセックスを求めるような女には見えなかった。

わからないと言うなら、窪田紀和子も、池上智実も、由実香だってそうだ。理解したと思った次の瞬間には、女たちは水のように指の間からすり抜けていく。

「抱いていただけないなら、教えてあげませんよ」

葉月が訳のわからないことを言う。

「思い出したことがあるんです、由実香のことで。たぶん、知っておいたほうがいいと思います」

「……何なの？　教えてほしい」

「だから、それは後で……」

「でも、僕はもうあっちのほうがあまり……」

「大丈夫ですよ。わたしはちょっと変わっているから。体力は使わないと思いますよ」

そう言って、葉月はボレロと、カクテルドレスを脱いでいく。

正直なところ、気が進まない。辰男はすでに由実香を愛してしまっている。

由実香との蜜のような時間を他の女に邪魔されたくはない。だが、ここで拒めば、葉月の言う、聞いておいたほうがいいことは聞けない。

とまどっているうちにも、葉月がドレスを足元から抜き取った。

その姿を見て、愕然とした。

色白のややスリムな裸身に、赤い縄が蜘蛛の糸のようにからみついていた。

ノーブラの乳房の上下を赤い縄が走り、控え目だが形よくツンと上を向いた乳房が二段の縄でくびりだされている。

そして、赤い縄は下へと伸び、腹部に菱形の幾何学模様が二つ編まれ、それが太腿の奥へと伸びて、女の局部を真っ二つに割っていた。

二重になった股縄にはところどころに結び目があり、その瘤のひとつがぷっくりとした女陰の狭間に深く食い込んでいる。

そして、葉月はこちらを見て、はにかんでいる。

(どういうことだ?)

拘束されることの好きな、マゾヒストなのだろうか?

(だいたい、誰が縛ったんだ?)

すると、葉月は当然起こるだろう疑問を見透かしたように、

「自分で縛ったんですよ。このくらいは自分でできますから」

そう言って、赤いレースのボレロを肩にかけて、窓際に立ち、くるりとこちらを振り返った。

栗色の髪、赤いシースルーの肩掛け、裸身を装っている赤い縄、そして、十センチ以上はあろうかという鮮烈な赤のハイヒール――。

辰男は自分が外国の高級娼館に連れ込まれたような気がした。

葉月は大きな瞳をじっと向けて、出窓になっている窓下のカウンターに腰をおろし、片方の足を載せた。

赤いエナメル質のハイヒールをカウンターに突き、まるで、グラビアモデルのように太腿に頬づえを突いている。

驚いたのは、本来あるべきはずの陰毛がないことだ。生まれつきないのだろうか。いや、おそらく、剃毛したか、されたのだろう。

縄化粧しているのだからMだとは思うのだが、その驕慢なポーズや態度は女王様にしか見えない。

「いらっしゃい」

手招かれて、辰男は納得できないまま近づいていく。

と、葉月は静かに立ちあがった。

大きなガラス窓の向こうには、幾つかの高層ビルが建ち並び、その手前に赤い縄で拘束された女がすっくと立っている。

「見ていてね」

葉月は窓のほうに向き直り、ガラスに両手を添えて、胸のふくらみをぴったりと窓に密着させ、尻を辰男に向かって突き出してきた。

「おい、外から見えてしまうじゃないか」

辰男は注意をうながしたが、葉月は無視して、乳房をガラスに擦りつけて、

「ああ、見て……恥ずかしいわたしを見てください」

と、尻をくねらせる。

ぷりんとした小さな尻たぶの狭間を二重になった赤い縄が走り、それは背中にまわされた腰縄まで伸びている。

かわいい尻がストリッパーのように振られると、赤い縄が裂唇に深々と食い込み、透明な汁がねっとりと滲んでいるのが見える。

「ご主人様、わたしのお尻をいじめてください」

葉月が悩ましい声で言って、誘うように尻をくねらせる。

縄で縛られている女を実際に見るのも、責め立てるのも初めてだった。

だが、自分にもサド的なところがあるのかもしれない。

なぜなら、辰男は今、心身の燃えるような昂りを覚えていたからだ。

辰男は目の前の尻たぶをむんずとつかんで、内から外へと円を描くように揉み込んだ。控え目で、ふにゃふにゃのヒップだった。

おそらく、強い運動をしたことがないのだろう。だから、腰も細いし、太腿もまるで筋肉がついていない。

だが、不思議なことに、その柔らかすぎる尻たぶを揉み込んでいくうちに、そのあまりにも頼りない質感が逆に気持ち良くなってきた。

揉むごとに形を変える尻の狭間には、赤い縄を食い込ませた女の裂唇が息づいていた。腰を振るたびに縄擦れして奇妙な形にゆがむ女の苑《その》が、ちょうど目の前にある。

ふと思って、訊いた。

「……ひょっとして、淳一ともこんなことを？」

「そうよ。淳一さんに教え込まれたの。彼はSだったわ。少なくとも、わたしの前では」

パソコンの画像を鑑みて、息子はSだろうとは思っていた。

「いじめて。お願いします。いじめてください」

葉月が腰をいっそう突き出してきたので、辰男もその期待に応えたくなった。息子ができたことが自分にできないはずはない。そんな息子へのライバル意識があることに気づかされる。

尻たぶを左右の手でぐいと鷲づかみにして、指に力を込めると、

「ぁああ、つーっ……」

葉月がつらそうに顔をしかめるのが、窓に映り込んだ彼女の画像でわかる。

しかも、揺れ動く尻たぶの谷間には、セピア色のアヌスがちらちら見える。

初めて体験することだというのに、こうしてやりたいという欲望が湧きあがるのは、やはり自分はSだったのだろうか？

股縄を横にずらして、尻を開くと、あらわになったアヌスの放射状の皺が伸びて、小さな窪みもあらわになる。

ふいに衝動に駆られて、その窄まりにしゃぶりついた。

尻たぶをひろげた状態で吸いつき、さらに、舌で上下左右につづけざまになぞると、仄かな匂いがして、

「ぁあああ……そこはダメっ……許して。許してください」

そう必死に訴えながらも、葉月はがくん、がくんと膝を落として、今にもへたり込みそうだ。

どうやら、葉月は尻も感じるらしい。

辰男は若い頃にアナルセックスの経験があった。

あの頃を思い出して、股縄の間にあふれでている蜜をすくって、茶褐色の窄まりに塗り込めた。

さらに、唾液を足して放射状のとば口をマッサージすると、ひくひくとそこがうごめいて、葉月は「あっ……あっ……」と尻を震わせる。

中指を添えると、入口がわずかにひろがって、節高の男の指が、狭いとば口を押し広げていく。いや、むしろ、指が勝手に吸い込まれていく感じだった。

中指が第二関節まで呑み込まれていき、

「はぁあああ……」

葉月が顔をのけぞらせて、尻をこわばらせた。

肛門括約筋の強い締めつけを感じながら、さらに奥まで押し込むと、扁桃腺のようなふくらみがまとわりついてきて、

「ぁあああ……」

葉月は背中を反らせたその姿勢で固まった。まるで、体内を串刺しにされたようで、微塵も動かない。

中指をゆっくり出し入れした。

肛門括約筋の収縮とともに、入口の粘膜が指の動きにつれてまくれあがる。

そのすぐ下で、股縄を食い込ませた裂唇が、辰男を誘っている。

辰男は左手の中指と薬指を下に向けて、股縄の間に慎重に沈ませていく。すると、狭間の沼地がぬるぬると指を受け入れ、

「ぁあああああ、くっ……くっ……」

いったん止まっていた葉月の尻がまた動きだした。

二本指の抽送に合わせて、腰を突き出したり、引いたりする。辰男がアヌスを指で攪拌すると、

「いやぁあああ……」

葉月は甲高い悲鳴を噴きあげる。

だが、それも一瞬で、もっととばかりに尻を後ろに突き出し、くなり、くなりと揺らせる。そうしながら、両手でガラスを掻きむしり、乳房をいっそう密着さ

せて、

「ぁああ、ぁあああ……」

と、身も世もないといった喘ぎを洩らす。

葉月のその艶かしい身悶えが、辰男のサディズムを引き出す。男はMの女性によって、Sに作られていくのかもしれない。

「きみの裸が高層ビルから、はっきりと見えるはずだ。恥ずかしいな、こんな惨めな姿をさらして」

言葉でなぶると、葉月は居たたまれない様子で呻き、嬌声をこぼし、ガラスを掻きむしりながら、がくっ、がくっと膝を落とす。

3

絶頂に昇りつめた葉月を床に降ろし、ベッドに誘おうとして、ふと辰男は喉の渇きを覚えた。

「ビールが呑みたくなった。悪いが、自販機で買ってきてくれないか？」

そう言って、千円札を渡す。

葉月がガウンを羽織ろうとしたので、それを止めた。

「ダメだ。このままの格好で行ってきてほしいんだ」

えっ、というように葉月が眉を吊りあげた。

「見たところ、きみは裸をさらすことで感じるようだ。だから、できるだろう?」

葉月はしばらく眉根を寄せて考えていたが、やがて、表情をゆるめ、

「わかりました」

殊勝にうなずいて、ヒールで絨毯を踏みしめ、ドアに向かう。

背中には赤い縄が幾何学的にからみつき、すっと伸びた太腿の奥には股縄が食い込んで、尻から背中へとつづいている。

こんな破廉恥なことができる自分が自分でないようだ。

(もし宿泊客に見つかったら——)

不安を抑えて、辰男はドアを開けてやり、

「ここで、見ているから」

と、葉月の背中を押した。

葉月は部屋から出て、廊下を歩きだした。

カツッ、カツッとヒールの先が廊下を叩く音がやけに大きく響く。それほど、高層ホテルの廊下はしんと静まり返っている。

そして、葉月は急ぐことなく、悠々と歩いているので、かえって辰男のほうが不安になってきた。

(おい、もっと速く歩かないと)

だが、葉月は怖いほどに落ち着き払っている。もしかして、客とばったり出くわすことを望んでいるのではないか、とさえ思えてくる。

いざとなると女性のほうが肝っ玉が据わっているというのはほんとうらしい。

やがて、葉月の後ろ姿が自販機の置いてある小さな部屋に消えた。すぐに、缶ビールが自販機の受け取り口に落ちる音が響いて、それが二回つづき、缶ビールを二本手に持った葉月がコーナーから出てきた。

ドアから顔を出している辰男に向かって、口角を吊りあげて微笑んだ。

スレンダーだが適度な肉感もたたえた女体には、幾重にも赤い縄がからみつき、乳房などは上下二段の縄で痛ましいほどにくびりだされている。

そして、股縄で股間を深々と割られ、ハイヒールを履いたスレンダーな美人が、両手に持った五百ミリリットルの缶ビールで乳房を隠しながらも、まるで、ランウェイを歩くモデルのように堂々と近づいてくる。

(何て女だ……)

淳一がここまで教え込んだのだろうか？　それとも元々こういう女なのだろうか？

気が気でない辰男は、周囲を見まわしながら、早くと手招く。

葉月を素早く部屋に引き入れて、ドアを閉めた。

すると、葉月は部屋に駆け込んできて、力尽きたようにベッドに崩れ落ち、絨毯に腰をおろし、

「怖かった……見つかったら、どうしようって……」

背中を丸める。

そうか、じつは虚勢を張っていたのか――。

辰男が背後から抱きしめると、葉月は辰男の腕にしがみついて、その手を乳房に導いた。

(いいんだな……)

上下二段の縄でくびりだされた乳房を揉みしだき、肉層の中心で尖っている乳首を指で転がすと、

「ぁあああ……もう……」

葉月は振り向いて、辰男のズボンに手をかける。慌ただしくベルトをゆるめ、ブリーフとともに一気に引きおろし、転げ出てきたものを握った。

一刻も早く欲しい、とばかりにしごいてくる。女が欲望をあらわにすると、辰男も昂る。

ひと擦りされるたびに、不肖のムスコがぐんぐん力を漲らせてしまう。

と、葉月はいきりたつものに顔を寄せ、裏筋をねっとりと舐めあげ、鈴口にも舌を走らせる。

途中まで頬張り、唾音を立てて肉棹をすすりながら、皺袋をあやしてくる。

男の分身が愛おしくてたまらないといったしゃぶり方だ。

（そうか……なるほど……）

その献身的な奉仕に、息子がたとえ妻の友人とはいえ、この女を手放せなくなった理由がわかる気がした。

巧妙な愛撫を尽くされて、分身をしゃぶられ、しごかれ、会陰部まで擦られると、辰男もいやがうえにも昂ってくる。

葉月がちゅるっと吐き出し、辰男をとろんとした瞳で見あげ、

「これを……」

とだけ言って、口籠もった。

「これを？　どうしたいの？」

「……入れて……」

葉月は潤みきった瞳を向けてくる。

「じゃあ、思い出したことを教えてくれるね？」

念を押すと、葉月は「はい」とうなずいた。

「どんな体位がいいの？」

「……後ろから……」

「獣みたいに犯されたいんだね？」

「はい……」

やはり、Mっけがあるから、バックがいいのだろう。

辰男は葉月をベッドにあげて、這わせた。

自分は床に立ったまましゃがんで、突き出された尻の狭間に舌を這わせる。二重になった股縄をぐいと開くと、陰唇もひろがって、内部のピンクの粘膜がのぞいた。

とろとろに蕩けたそこに舌を這わせ、あふれでた蜜を舐めとるようにして、陰核に転がすと、葉月はもうたまらないといったふうに腰をくねらせる。ついには、

「入れて、お願いです」

さしせまった様子で言って、自ら腰を前後に振る。

辰男はいきりたつものを膣口にあてると、そこでぴたりと動きを止める。

「ああ、ねえ……」

葉月がくなりと腰を揺らして、誘ってきた。それを意識的に流して、命じた。

「自分で入れなさい」

葉月は押し黙っていたが、やがて、焦れたように腰を突き出してきた。尻を振りながら、切っ先をおさめようとするものの、切っ先がぬるり、ぬるりとすべってしまう。

辰男が根元をつかんで支えてやると、今度は葉月は身体ごと後ろに向かってきた。次の瞬間、屹立が縄の間に嵌まり込み、温かい肉路を深々と割って、

「ぁあぁぁ……」

葉月は両手をシーツに突いて、背中をしならせた。

辰男がじっとしていると、それに焦れたように自ら全身を前後に動かして、辰

男のペニスを貪ろうとする。

だが、それにも限界があるのだろう。

「ぁああ、お願いです。動いてください。葉月を突き刺して……お腹まで突き刺して……」

葉月が訴えてくる。

「その前に……」

辰男はもっと感じさせたくなって、あふれでる淫蜜をアヌスになすりつけた。

すると、セピア色の窄まりがイソギンチャクみたいに収縮して、葉月が「ぁああ、いやっ……」と腰をくねらせた。

だが、窄まりをなぞるたびに、ビクッ、ビクッとして、たまらないといった喘ぎをこぼす。

(やはり、ここが感じるんだな)

親指をとば口に押し込むと、肛門括約筋がにゅるりと開いて、親指を締めつけてくる。

温かく、まったりとしたふくらみを親指で擦りあげながら、辰男は打ち込んでいく。

猛りたつものが下の口をうがち、左右の縄が行き来する肉棹を刺激する。内部の肉襞のうごめきと、縄の締めつけを同時に感じて、そのいつもとは違う感触がたまらなかった。

葉月を快楽に導きたいという気持ちと、責めたてたいという欲望がせめぎあい、それをぶつけるようにアヌスを付け根までおさめた親指でぐりぐりと掻きまわすと、

「ぁあああ……ダメぇ……」

葉月が前に突っ伏していく。上体を低くして、尻だけを高々と持ちあげた姿勢で、

「あっ……あっ……いいの。いいの……おかしくなる。狂っちゃう」

もっととばかりに、尻を後ろにせりだしてくる。

「どっちがいいの？　お尻と前と？」

「……どちらも、いい……です」

「ほんとうはどっちかがいいんだろ？　教えてほしい」

葉月はためらっていたが、やがて、ぼそっと答えた。

「……お尻……」

そうか、淳一にアナルの快感を教え込まれ、それが忘れられないのかもしれない。

辰男はこれまでの人生で一度しか肛姦はしたことがない。だが、一度できたのだから、やってできないことはないはずだ。

膣肉から硬直を抜き出し、親指を肛門から外し、まだ窄まりきらないアヌスに狙いをつける。

力を込めると、切っ先がぬるっととば口に弾かれた。

もう一度、今度は逃げないように上から押さえ込みながら、腰を進める。亀頭部が狭いとば口を割る強い抵抗感があって、そこを突破すると意外に容易に硬直が嵌まり込み、

「ぁああ、くうぅ……」

葉月が顔をのけぞらせる。

（おおぅ、くうぅぅ……）

と、辰男も奥歯を食いしばっていた。

入口がぎゅっと茎胴を締めつけてきて、失礼な言い方だが、前より緊縮力が強い。

「ああ、ください。動いてください」

葉月がもどかしそうに腰を前後に揺すった。

ならばと、辰男も怒張を打ち込んでいく。

両手で腰の窪みをつかみ寄せて、ゆったりと腰をつかう。窮屈な肉路を勃起が擦りつけて、内臓まで届いて、

「ぁああ、いい……お腹が落ちてく……落ちちゃう、ぁあうぅぅ……」

葉月は、持ちあがるほどシーツを両手で握りしめる。

(おおぅ、これは何だ?)

入口がそれこそ万力のように肉棹を締めつけてきて、それとわかるほどに温かく、ぽってりとした内臓のふくらみがひたひたとからみついてくる。

これが、女性器本体ならわかる。だが、挿入しているのはアヌスなのだ。そこは、内部が空洞になっていて、それほど気持ちがいいものではなかったという記憶がある。

なのに、葉月の場合はまるで膣のなかのような肉襞がうごめき、勃起にまったりとまとわりついてくる。

そして、葉月はヴァギナに打ち込んだ以上に、悦びを現し、

「ぁああ……ぁあああ……気持ちいい……天国よ。天国なのぉ」

と、心底気持ち良さそうな声をあげる。直腸に女性器を保有しているとしか思えない。

これならば、葉月はアヌスで気を遣るかもしれない。辰男も射精できそうだった。

「もう少し強くしても、大丈夫か？」

「はい……もっと強くしてください。葉月を懲らしめて。メチャクチャにしてください」

殊勝なことを言うので、辰男もその気になった。

腰をぐいとつかみ寄せて、徐々に打ち込みのピッチをあげていく。

すると、括約筋の締めつけと、内部の性器のようなうごめきに、甘い疼きが急激にひろがっていく。

「ああ、気持ちいいよ」

「わたしも……わたしも気持ちいい……」

「行くよ」

ダダダッと速射砲のほうに腰を叩きつけた。

床に立っているから、無理なく全身を使えて、疲労感は少ない。

ぐぐっと奥まで打ち込んで、円を描くように腰をまわすと、それがいいのか、
葉月はシーツを鷲づかみにして、

「ぁあぁぁ……イキそうです。イキそう……」

逼迫《ひっぱく》した声で喘ぐ。

つづけざまに打ち据えた。ぴしゃっ、ぴしゃんと乾いた音が爆ぜて、

「あんっ、あんっ……ぁああんん……ぁああ、くぅぅぅ」

葉月が両手を立てて、背中をしならせた。この姿勢のほうがイキやすいのだろう。

「ぁああ、メチャクチャにして。葉月を壊して……」

「そうら、メチャクチャにしてやる。あああ、こっちも出そうだ」

窮屈なとば口がますますぎゅっと締まってきて、トマトを煮詰めたように熱く、どろどろの内部を突くと、にっちもさっちもいかない快美感がせりあがってきた。

「ぁあああぁぁ……狂っちゃう。狂っちゃう……ぁあああ、イクぅ」

葉月がシーツを持ちあがるほどに握りしめて、がくん、がくんと背中を波打たせる。

アヌスがパニックを起こしたように痙攣し、そこに肉棹を強引に打ち込んだとき、沸騰したマグマが噴きあがってきた。

とば口で圧迫された細道を精液が迸っていく歓喜が爆ぜた。

「おっ……あっ……」

圧倒的な快美感のなかで、辰男は放ちつづける。

締めつけが強いせいか、膣にするときより射精するときの快美感が強い。

そして、一滴残らず精液を出し終えたときには、辰男は脱け殻になったようで、葉月の背中に胸板を重ねていた。


シャワーを浴び終えた二人は、ベッドで横になっていた。

スレンダーな肢体の肌にはいまだところどころに縄の痕跡が残り、赤くなっている。背中についた条痕を撫でながら、訊いた。

「そろそろ教えてくれないか？　思い出したことを？」

「……それなんですが……いいのかな、こんなこと言って」

「教えてほしい」

「じつは、由実香は淳一さんが不倫していることに気づいていたんじゃないかと思うんです」

「えっ……？　由実香さんが、淳一の浮気に気づいていたと？」

葉月がうなずいた。

「ちょっと、待って。どうして、そう思うの？」

「……わたし、一度、彼女に相談されたことがあって」

葉月が言って、瞳を左上に流した。人は過去を思い出しているときは左に、ウソをつくときは、右に瞳が動くから、事実なのだろうと思った。

「それで？」

と、辰男は身を乗り出す。

「そのとき、由実香が言っていた相手はわたしではないようだった。だから、もしかして、淳一さん、他にも女がいたのかと……」

そのとおりだ。辰男はすでにその事実を知っている。

「そういうこともあったかもしれないが……。でも、それは事実なんだね？　由実香さんが淳一の浮気を疑っていたのは」

「はい……相談されましたから。多分、何らかの証拠をつかんでいたんだと思います」

だとしたら、まったく認識をあらたにしなくてはいけない。

由実香は夫の不倫を知っていたのに、そのことで淳一を問い詰めるようなことはしていないはずだ。辰男はいつも二人と一緒にいるから、不倫で揉めていたらわかる。

（そうか、由実香さんは気づいていたんだ……）

しかし、それをおくびにも出さずに、何事もないかのように夫婦生活を送り、今も入院中の淳一に付き添いつづけている。

ある意味では、男にしては理想的な妻だ。いや、むしろ都合がいいと言うべきだ。夫の火遊びに目をつむってくれているのだから。或いは、由実香にも放っておけばそのうちおさまるという達観があったのかもしれない。

だが、もう少し確かめておきたい。

「相談されたとき、由実香さんの様子はどうだった？」

「憎しみを内に秘めている感じでした。じつは、浮気相手はひとりではなくて、何人もいるんじゃないかってところまで疑っているようでしたから」

葉月の言葉を信じるとするなら、由実香はやはり相当怒りを抱えていたのだろう。なのに、あれほどまでに隠していけるものなのか？

葉月が言いにくそうに、口に出した。

「あの……もしかしたら、由実香はわたしたちのことにも気づいていたかもしれません」

「えっ、ほんとうなの？」

「……思い当たることがあって」

「大変じゃないか」

「はい……」

辰男は急に由実香が心配になって、

「悪いね。帰るよ」

ベッドを降りて、服を着はじめた。

第六章　蠢く嫁の舌

1

翌日、辰男は居ても立ってもいられずに、窪田紀和子に電話をした。

二人の不倫が由実香にばれている気配はなかったかと訊いてみると、思わぬ答えが返ってきた。

『彼の奥様がうちの店にいらしたことはあったわ。ペアリングを注文されて、お名前とご住所をうかがったら、西村由実香で、住所も淳一さんと同じだった。ああ、この人が淳一さんの奥様なんだって……きれいな人だったわ。ちょっと寂しげなところがあって、男が救いの手を差し伸べたくなるタイプよね』

「で、淳一にはそのことを？」

『もちろん、相談したわ。そうしたら、彼は偶然だから気にするなって……妙だと思ったけど、でも、だからといってどうしようもないでしょ？　きちんとペアリングを作ってさしあげたわよ』

「そうか……で、他には何か異状はなかった？」

『異状かどうかわからないけど、わたしと彼がベッドインしているときに限って、彼のケータイに電話がかかってきて……話しぶりからたぶん奥様だと思ったけど……そのくらいかな』

「そうか、ありがとう」

電話を切ったとき、辰男は胸が締めつけられるようだった。

どう考えても、紀和子の店に由実香がペアリングをオーダーしたのは偶然とは思えない。知っていたのだ。そして、敵情視察をしつつ、それとなく紀和子に警告をしたのだろう。だが、二人はそれを無視した。

翌日、会社が終わってから、今度は池上智実を夕食に誘った。

彼女の好きなイタリアンをご馳走して、ワインをしこたま呑ませ、淳一が二人の関係に気づいていた可能性について問うと、智実は怪しい呂律で言った。

「そう言えば、こんなことがあったのよ。一度、奥さんが会社にいらしたのよ。淳一さんの忘れ物を届けにいらしたみたいなんだけど……そのとき、わたしを見て『あなたが池上さん？』って訊くから、そうですって答えたら、『いつも主人がお世話になっております』って……」

「そんなことを言ったのか？」

「そうよ……何だかその言い方に含みがあるようで、心臓が止まりかけたんだけど、すぐに奥さんが『主人が、あなたがよくやってくれるので助かるって、いつも言ってるんですよ』ってすごくやさしく微笑んでくれたから、ああ、よかったと思ったけど、あれはわたしへの皮肉だったかもしれないわね」

やはり、葉月の言うように、由実香は淳一の不倫を知っていたのだという確信に近いものを持った。

そんな辰男の心中にまったく気づいてない智実がのうのうと言った。

「ほんと言うと、事故当日のお昼に、わたしたちラブホテルで逢ってたのよ」

辰男は智実をにらみつけていた。

「だから、もし淳一さんが目覚めないとしたら、智実が淳一さんの最後の女ってことになるね」

智実があまりにも無神経なことを言うので、淳一は無言で席を立ち、会計を済ませて、外に出た。

「ちょっと……社長さん！」

智実が後から追ってきたが、無視して、辰男は地下鉄の階段を駆けおりた。

それからの数日を、辰男は悶々として過ごした。

由実香は相変わらず献身的に淳一に付き添っていて、夫を愛する理想的な妻としか見えない。

最近は、由実香が声をかけると、淳一の瞼が痙攣したり、手がぴくっと動いたりして、回復の兆しはあると言う。

辰男としても早く淳一に目覚めてほしい。

だがいっそのこと、このまま意識がないままでもいいのではないか、という気も心の片隅にある。女たちから話を聞けば聞くほど、淳一は救いようがない好色漢だという苦い思いが強くなるばかりだ。

そして、こんな夫を持った由実香が不憫でしょうがない。

由実香は辰男の知らないところで、夫の不倫に悶々としていたのだ。由実香が不倫の事実を知ったのは、おそらくケータイからだろう。淳一のスマートフォンはロックもかけられていなかったし、かなり前の履歴も残っていた。

これだったら、由実香がその気になったら、簡単に夫のメールや履歴を盗み見ることができたはずだ。

淳一の入院生活が三カ月を過ぎて、気温が今年最高まであがったその夜、辰男が風呂に入っていると、脱衣所兼洗面所で何やら人が動く気配がある。

この家には、辰男以外は由実香しかいない。

(由実香さん、何をしているんだ?)

首をひねりながらバスタブにつかっていると、アコーディオンドアが開いて、由実香が姿を現した。髪を結いあげた生まれたままの姿で、胸からタオルを垂らして、洗い場に入ってきた。女らしい曲線を随所にたたえたその理想的な裸身にいつものごとく圧倒されつつも、なぜと疑問に思っていると、

「お背中を流しにきました」

由実香はちらりと辰男を見て、カランの前にしゃがんだ。

美しい乳房を見せながら、片膝を突いて、お湯を肩からかける。さらに、股間を手早く洗って、

「よかったら、出てください。お背中を流しますね」

柔和な笑みを浮かべて、辰男のほうを見る。

「いや、悪いよ」

最近は、どうも由実香を痛々しいものでも見るように見てしまう。

「お義父さまもお仕事でお疲れでしょ？」

「いや、僕なんかより、あなたのほうが疲れてるだろ？」

「わたしは大丈夫です。病室にいるときも、言葉をかけることくらいしかできなくて……どうぞ、遠慮なさらずに」

夫の不倫を知っていながら、甲斐甲斐しく看病をする由実香は、まさに妻の鑑だった。気持ちを切り換えて、

「よし。じゃあ、代わりに僕が背中を流してあげるよ」

辰男はバスタブを出て「いいですから」と辞退する由実香を説き伏せて、洗い椅子に座らせた。

シャワーの湯加減をして、シャワーヘッドをつかみ、由実香の裸身に後ろからかける。

そのきめ細かく色白の肌に水しぶきがかかり、見る見るお湯でコーティングさ

れ、ピンクがかった艶やかな光沢を放ちはじめる。

それから、辰男はスポンジに液体石鹸をつけて泡立て、まずは肩から二の腕へとなすりつける。

あらわになった楚々としたうなじや、なだらかな曲線を描く、肩から腕が白い泡で覆われていく。

それから、辰男は肩から背中へとスポンジを移す。肩甲骨のあたりを内から外へと円を描くように擦ると、

「気持ちいいです。ほぐれていくみたい……」

由実香が心底心地良さそうに言うので、辰男も報われた気がした。

ふと前の鏡を見ると、椅子に座った女体が映っていた。

由実香は両手を膝に突いて、うつむいている。

ほっそりした腕越しに、見事な釣鐘形の乳房がのぞき、合わさった膝の奥には翳りも見え隠れする。

ベッドのなかとは違うその日常的な光景が、由実香をいっそう艶かしく見せていた。

辰男はもう一度スポンジをすすぎ、液体ソープを泡立てて、背骨を中心に洗っ

てやる。

ちょっと前に屈んでいるせいか、背骨のひとつひとつが浮き出ている。

脊柱を中心にスポンジを往復させ、そのまま脇腹に持っていくと、

「あっ……」

由実香はびくっとして、わずかに顔をのけぞらせた。

「ゴメン。くすぐったかっただろ？」

「いえ……」

「じゃあ、腕をあげて」

「こうですか？」

由実香がおずおずと両手をあげて、頭の後ろで組んだので、腋窩があらわになった。

こうすると、肩甲骨が寄って突き出してくる。そして、背中から腕へとつづくラインが悩ましい。

辰男がスポンジを右の腋の下に持っていき、柔らかく擦ると、

「んっ……んっ……」

由実香は何かをこらえているようだった。たまらなくなって、辰男は腋窩のス

ポンジをまわして乳房に触れた。

「……あっ……」

由実香は腕をおろして、胸を護ろうとする。

「ここはいいです」

「わかってる。わかってるけど……止められないんだ」

辰男はスポンジを放して、乳房を鷲づかみにし、左手も腋の下を潜らせて、左側の乳房をつかんだ。

石鹸のついた手で、お湯でコーティングされた乳肌を揉みしだき、頂上の突起をつまんで転がす。

「ぁあ、いけません……お義父さま……いけま……あうっ！」

乳首を強くつまむと、由実香は顔をがくんと突きあげて、辰男の手をつかんだ。

だが、乳首を左右にねじるうちに、由実香の手から力が抜けていき、

「あっ……あっ……」

ソープまみれの背中が震えはじめた。

後ろから覆いかぶさるように乳房を揉みあげると、ふくらみの重さとしなりが手に伝わってくる。そして、由実香は声を洩らしながら、後ろの辰男に身を預け

てくる。

「感じているんだね？　いいよ、僕に身をゆだねて」

後ろに体重のかかった艶やかな女体を抱きとめるようにして、乳房を揉みしだいた。

由実香は夫の浮気に気づきながらも、その不満を微塵も見せずに懸命に看病をしているのだ。それがわかってから、由実香への愛情が一段と深まったような気がする。

辰男は右手を胸からおろしていき、太腿の奥をさぐった。

「あっ……」と由実香は足を閉じようとしたが、その前に、右手が柔らかな繊毛の底へとたどりついていた。

そこは、女陰の部分の区別がつかないほどに潤っていて、ぬるり、ぬるりと指がすべる。オイルをまぶしたような狭間を撫でると、

「ぁあああ……もう、もう、ダメっ……」

由実香は右手を辰男の首の後ろにまわし、身を預けながら、洗い椅子に載った腰を揺らす。

辰男は中指で上方の肉芽をまわすように愛撫し、そして、陰核の外側に人差し

指と中指をあてて、交互に動かした。

するとこれが感じるのだろう、由実香の足が徐々に伸び、がくん、がくんと震えはじめた。

「ダメっ……お義父さま、ダメです。イッちゃう……これダメなんです」

自分がさらしている痴態を恥じるように、由実香が首を左右に振った。

「いいんだよ。イッても。あなたが気を遣ると、僕もうれしい」

辰男は背後から女体を抱えるようにして、クリトリスを責め、もう一方の手では乳房を揉みしだいた。

すると、由実香の悶えがいっそう激しくなり、

「あっ……あっ……ぁあぁぁ……イク、イッちゃう……いいですか？」

「いいよ。そうら、僕に身をゆだねなさい」

「ぁああ、ぁあああ……くっ！」

由実香は両足を前に放り出すようにぴーんと伸ばし、椅子に座ったまま、上体ものけぞらせた。

気を遣ったのだろう、椅子から転げ落ちそうになった由実香を、辰男は後ろから抱きかかえる。

由実香は背を預けながら、時折思い出したように痙攣していた。

やがて、絶頂の波が去ったのか、恥ずかしそうに自分の身体を抱えるように前屈みになった。

辰男はふたたびシャワーヘッドをつかみ、温かいシャワーを肩から浴びせ、肌に付着した石鹸を洗い清めてやる。

二人はバスタブに仲良く入っていた。

西村家の湯船は広めなので、二人は向かい合って、胸までお湯につかっている。

由実香は結われた髪がほつれ、温められた肌は桜の花びらのように程よく染まり、水面から乳房のふくらみと深い谷間がちらちらとのぞいている。

由実香がうれしそうに言った。

「淳一さん、最近は瞼や指がぴくっとするときがあるんですよ」

「そうか……よかった。そろそろ回復してくれないとね……毎日看病してもらって、ありがとう。父親としてお礼を言わせてください」

辰男は感謝の気持ちを伝えた。

「だって、当然のことです。主人が倒れているんですから」

「……由実香さんは、ほんとうに淳一を愛してくれているんだね」

「夫婦ですから」

はにかむ由実香の様子を見るにつけ、ますます彼女を不憫に感じ、思わず口がすべった。

「あなたは……淳一のあれのことを、知ってるんだろ？」

「あれって……？」

由実香が小首を傾げた。

辰男は迷った。ついつい口にしてしまったが、もしも、由実香が気づいていないなら、知らなくともいいことまで教えることになる。

わざわざ墓穴を掘る必要などない。しかし、愛人たちの話を聞く限りでは、由実香は夫の不倫をほぼ知っている確率が高い。ならば、自分もそれに気づいていることを明らかにしたほうが、由実香としても気が楽になるに違いない。

「じつは、あの事故の後で、淳一のケータイを預かってね。仕事関係で失礼があってはいけないと、見ていたら……女性との履歴があってね……」

話しながら、様子をうかがった。

今のところ、由実香は表情を崩さない。

「不審に思って、その女性と逢ったんだよ」

ずばりと言うと、由実香の顔色に明らかに変化があった。

眉根を寄せて、難しい顔をしている。黙っていると、耐えかねたように由実香が口を開いた。

「どなたとお逢いなさったんですか？」

「窪田紀和子さん……あなたも知っているだろ？」

「いいえ、知りません」

「宝石店を経営している人だよ。ほんとうに知らないの？」

「はい……」

由実香は明らかにウソをついている。

「そんなはずはないよ。由実香さんは彼女の店でペアリングを注文したんだから。彼女の口から聞いたよ」

事実を突きつけると、由実香はまじまじと辰男を見つめ、それから、目を伏せた。

「やはり、知っていたんだね？　隠すことはないんだ。僕もわかっていることだから。池上智実からも、あなたの友だちの山沖葉月からも話を聞いた」

三人の名前を出すと、もうこれ以上隠しとおすことはできないと観念したのだろう、

「知っていたんだね？」

再度、確認したとき、由実香は静かにうなずいた。

「そうか……苦労かけたな」

由実香は首を左右に振っていたが、やがて、「うっ、うっ」と肩を震わせはじめた。手で顔を覆っているが、その表情はくしゃくしゃに崩れて、いかに由実香がこれまで耐えていたかがわかった。

「息子のことで人知れず悩んでいたんだね。息子の代わりに僕のほうから謝らせてほしい。申し訳なかった」

いったん離れて頭をさげると、由実香は頭を左右に振った。

2

その夜遅く、辰男が自室のベッドで輾転《てんてん》としていると、ドアをノックする音がして、

「よろしいでしょうか?」

由実香の声がする。

辰男はベッドに半身を立て、天井の円形蛍光灯を点けた。

「お入り」

すぐにドアが開いて、由実香が姿を現した。

白いノースリーブのワンピース形のナイティを着て、ゆるやかにウエーブする髪を肩に散らしている。ベッドの辰男をちらりと見て、入口で立ち止まった。

そこに目に見えないバリアがあるように、じっとしている。

由実香はうつむいたまま答えず、立ち尽くしている。

「……じつはわたし、お義父さまに黙っていたことがあります。それは、とても大切なことです。きっとこれを聞いたら、お義父さまはわたしを許さないと思います。いつか言わなくてはと思っていたんですが、なかなか言えなくて……」

「何だい、教えてほしい」

「……じつは」

由実香は顔をあげ、辰男を真っ直ぐに見て、言った。

「淳一さんの事故、半分はわたしの責任なんです」

我が耳を疑った。この人はいったい何を言っているんだ？

「事故の前の晩、わたし、淳一さんをひどく責めたんです。彼の浮気のことで……黙っていようと思いました。でも、どうしても胸にしまっておくことができなくなって、それで……」

「……そうか……」

「だから、淳一さんはあの夜一睡もできずに、会社に出かけていって。夜まで働いて……きっと帰る頃には徹夜のつけが出て、それで、ウトウトして、あんなことに……だから、あの事故はわたしのせいなんです。わたしが悪いんです」

一気に言って、由実香はその場に崩れ落ちた。

一瞬、その告白をどうとらえていいのかわからなかった。それが事実なら、確かに前の晩の喧嘩で徹夜したことが、事故のきっかけのひとつではあるだろう。

だが——。床に手を突いてうつむいている由実香を目の当たりにすると、彼女を責めるのは酷だという気がした。

そもそもその原因を作ったのは、三人もの女と浮気をしていた淳一なのだ。

辰男はベッドを降りて、近づいていき、ナイティの肩をつかんで立たせ、そのままベッドの端に座らせた。

「言いにくいことをよく告白してくれたね」

「お義父さまにはすべてを知っていてほしいと思いました」

おそらく、辰男が淳一の不倫のことを知っていたという事実が、由実香をその気にさせたのだろう。

「確かに、あなたが自分を責める気持ちはわからないでもない。ただ、あれだろ？　その原因を作ったのは、淳一なんだ。あいつがサカリのついた犬のように何人もの女と関係を持たなければ、こんなことは起こらなかった。そうだろ？」

「……でも、わたしがあの夜に、あんなことを言わなかったから、淳一さんは今も元気に……それを考えると……」

「いや、悪いのは淳一だ。淳一が悪い。淳一がもっと慎重に運転していればいいことだ。そもそも、そんな状態で、車で行くこと自体が甘い。あなたは悪くはない」

辰男は肩に手を置いて、そっと抱きしめてやる。

「それに、仮にそれが小さな罪だとしても、あなたはもう充分に罪を償《つぐな》っているよ。ずっと淳一に付き添って、熱心に看病しているじゃないか」

「そうでしょうか？」

「ああ、そうだ。僕はそのことで、あなたを恨むなんてことはないよ。むしろ、あなたを苦しめてすまなかったと思っている。事故の後で、僕は淳一の浮気をいろいろと知って……それで、彼女たちと逢って、別れるように算段をつけた」

「えっ……そうなんですか？」

「ああ……三人に逢って、淳一とはきっぱりと縁を切るように話したよ。そばで見ていて、由実香さんがあまりにも不憫で、だから……」

「お義父さま……」

由実香がじっと辰男を見た。

「いけなかったか？」

訊くと、由実香は即座に頭を左右に振って、辰男の手を両手で合掌するように包み込んだ。

「こんな言葉は合わないかもしれませんが……感謝しています。あなたがわたしのお義父さまでよかった……心からそう思います」

「よかった……出すぎた真似かと内心は思っていた。よかったよ。由実香さんに感謝してもらって」

「ああ、お義父さま……」

由実香が横から抱きついてきた。

柔らかな髪を感じる。薄い布地越しにむっちりとした女の肉体を感じる。

(今、由実香さんに心から慕われている)

そして、辰男もこれまで以上の由実香への強い愛情を感じた。

これまで、二人の間にはどうしても突き破れない壁のようなものがあった。

してはいけない禁断の行為をすることによって、秘密を共有はしていた。が、それはあくまでも刹那的な快楽に基づくものだった。

だが、今は違う。二人の間の壁がなくなって、ひとつに溶け合ったような気がする。心からの信頼感が生まれているような気がする。それは、精神的な接近だが、同時に肉体的な高まりでもあった。

「由実香さん……」

柔らかな女体をそっとベッドに倒して、折り重なっていく。

由実香が下から見あげてくる。

光沢を放つ瞼、長い睫毛、そして、顔の側面に垂れかかるかるくウエーブした黒髪と大きく見開かれた黒曜石のような瞳と、慈しむような眼差し——。

「由実香さん、あなたとしたい……」

辰男は素直に思いを告げて、大きな瞳のなかを覗き込んだ。

由実香は辰男の白くなった髪をかき抱きながら、顔を寄せてきた。

辰男の唇をちゅっ、ちゅっとついばみ、いったん離し、辰男の顔を両手で挟みつけるようにして引き寄せ、顔を傾けて唇を吸いたててくる。

それから、舌を差し込んで、甘い吐息とともに歯茎の裏を横に掃くようにし、舌に舌をからめてくる。

その情熱的な接吻が、辰男にはすべてを許してくれることの証左に思えた。

そして、由実香は唇を離して、下から辰男のパジャマのボタンをひとつ、またひとつと外していく。

前を開いて、胸にキスをしてくる。

薄く貧弱な胸板が恥ずかしい。だが、愛おしい女に乳頭をついばまれると、体が蕩けそうになる。

と、由実香が下から身体を抜いて、逆に辰男を仰向けに倒して、上になった。

辰男の腹部にまたがり、ナイティの裾に手をかけ、まくりあげて首から抜き取っていく。

いったんあがった髪の毛がおりて、乳房がまろびでた。

何度見ても、男をそそる形をしている。上側の直線的なラインを下側の充実した丸みが押しあげている。そして、乳肌は静脈が透け出すほどに薄く張りつめていて、やや上についた乳首がツンと生意気そうに頭を擡げているのだ。

「由実香さん……」

下から乳房をつかんで、そっと包み込んだ。乳首を口に含んで吸うと、

「あっ……！」

由実香は声をあげながらも、辰男の顔を撫でてくる。

辰男がもう一度情感を込めて、乳首を吸うと、

「あっ……あっ……んっ……ぁあぁぁ、ダメっ……」

由実香はまたがったまま、びくっ、びくっと裸身を震わせる。

いつになく敏感に見えるのは、由実香が心身ともに身をゆだねてくれているからだろうか？

気持ちを込めて、左右の乳首を丹念にかわいがった。

それとわかるほどにしこってきた突起を舌で上下左右になぞり、もう一方の乳房を揉みながら、先端をくにくにとこねてやる。

「ぁああ、お義父さま……それ……弱いの……」

由実香が腰をくねらせるので、柔らかな恥毛がさらさらと触れて、無上の悦びをもたらしてくれる。

愛しい女に感じてほしかった。

いったん顔を離し、両手で左右の乳首をつまみ、転がしながら、トップを指腹で刺激してやる。と、乳首が信じられないほどに硬くなって、ペニスのように勃起してくる。

そして、由実香は胸を預けながら、がくっ、がくっと痙攣し、

「ぁああ……ぁあああ……いいの」

と、眉をハの字に折って、顎をせりあげる。

辰男は淳一の愛人である三人との情交とはまったく異質なものを感じとっていた。

テクニックなどという余計なものを意識する必要などなかった。今はただただ自分の気持ちを素直にぶつけていけばよかった。

辰男が乳首から口を離すと、由実香は下へ下へと移動していき、辰男のパジャマのズボンに手をかけて、ブリーフとともに引きおろし、足先から抜き取った。

飛び出してきた分身は自分でも驚くほどにいきりたっていて、ギンとしたイチモツが誇らしかった。

由実香は白いものが混じった縮れ毛にざらっ、ざらっと舌を走らせ、同時にいきりたちを握りしごいてくれるので、分身が躍りあがった。

「ずっとダメだったんだ。由実香さんにされると、若い頃に戻ったようになるんだ」

思いを告げると、由実香ははにかんで目を伏せ、今度は肉棹の頭部に舌を走らせる。

くすぐったさが突きあげるような快美感に変わり、舐められているところを見たくなって顔を持ちあげる。

五本のしなやかな指が桜色の爪とともに肉棹を行き来し、余った頭部に唇がかぶされた。

柔らかな唇が敏感なカリをゆったりと往復し、ゆるやかな掻痒感が早くもジーンとした熱さに変わっていく。

(ああ、僕は今、由実香さんの心からのフェラチオを受けている)

それだけで、射精してしまいそうな陶酔を感じる。

由実香は両手を離して、口だけで頬張ってきた。

這いつくばるようにして、顔をゆったりと打ち振る。柔らかなウェーブヘアが鼠蹊部をくすぐり、その繊細な毛先が触れるたびに、ぞわっとした快感が皮膚を走る。

それから、由実香は辰男の膝の裏に手を添えて、ぐいと持ちあげる。

「お義父さま、ご自分で持っていらして」

「こうか……」

辰男は言われるままに自分で膝をつかんで、開く。

オシメを替えられるようなポーズで、ちょっと恥ずかしい。きっと、睾丸はおろかアヌスまで見えてしまっているだろう。

由実香はふっと口許をゆるめ、肉棹をつかんで腹に押しつけ、あらわになった屹立の裏筋を舐めおろし、そのまま皺袋まで頬張ってくる。

片方を呑み込んで、口のなかで揉みほぐし、ちゅるっと吐き出して、皺のひとつひとつを伸ばすかのように丹念に舐める。

「由実香さん……」

名前を呼ぶと、由実香は股ぐらから顔をのぞかせて、にこっと笑い、もう片方の睾丸を口に含んだ。

なかで舌をからませながら、会陰部を指で巧みに圧迫してくる。

敏感な蟻の門渡りを愛撫され、その上、睾丸をくちゅくちゅと揉みほぐされて陶酔感がひろがった。

「ああ、由実香さんにこんなことしてもらえるとは……夢のようだよ」

「……わたしも幸せです」

由実香もうっとりと目を細め、いっそう股ぐらに顔を潜らせ、蟻の門渡りをアヌスにかけて舐めおろし、また舐めあげ、

「気持ちいいですか？」

と、訊いてくる。

「ああ、気持ちいいよ」

「もっと気持ち良くなっていただきたいんです」

足の間から顔をあげて言い、由実香は裏筋を舐めあげてくる。

信じられないほどの角度でそそりたつ、血管の浮かんだ肉柱を「ぁああ、ぁああ」と声を洩らしながら舐め、そして、真裏の包皮小帯にちろちろと舌を走らせる。

また頬張って、指と同じリズムで唇をすべらされると、辰男もお返しをした

くなった。

「由実香さん、こっちにお尻を向けてくれないか？　あなたに恥ずかしいことをさせたいんだ。いいから、こっちにお尻を」

由実香は羞恥の色を浮かべながら身体を回転させ、尻を向けて辰男をまたいできた。いきりたちを握ったままなので、自然に這う形になる。

辰男が尻を持ちあげさせて、ぐいと引き寄せると、

「あっ……！」

充実した尻たぶがきゅうっと引き締められる。

「ダメだよ。見せてくれないと」

ひろげた双臀の底で、真っ赤な粘膜が全開して、複雑に入り組んだ肉襞には米のとぎ汁のような蜜が滲み、陰毛に向かってしたたっていた。

仄かな性臭をただよわせた亀裂を頬張るようにして、吸うと、

「ぁあああ……」

由実香は腰を逃がしながらも、糸を引くような声を洩らす。

逃げていく尻を引き寄せて、今度は狭間を舐めた。ぬるりぬるりと舌を沼地になすりつける。

由実香は喘ぎをこぼしながらも、勃起している肉柱を握って、不規則にしごいてくる。

それから、前のめりになって、猛りたつものを一気に頬張ってきた。

「くっ……!」

辰男は湧きあがる愉悦のなかで、ふたたび陰部にしゃぶりつき、大陰唇の土手を舐め、さらに、陰唇が収斂《しゅうれん》する場所にある突起をちゅーっと吸う。

「うぐっ……ぐっ……ぐっ……」

由実香は肉棹を頬張ったまま、くぐもった声を洩らす。

びくっ、びくっと尻を震わせながらも、一心不乱に肉棹を唇で追い込もうとする。

辰男が陰核を舌で弾くと、由実香はとうとうこらえきれなくなったのか、肉棹を吐き出し、顔をあげて、

「欲しいわ。お義父さまのこれが……」

そそりたちを握りしめてきた。

3

辰男は下から抜け出し、由実香を仰向けにした。

自分がしようとしていることは世間的には絶対に許されないことだ。

息子を裏切ることには変わりない。もちろん、由実香だってそうだ。裏切るという意味では、由実香のほうが罪悪感は強いだろう。たとえ夫がどうしようもない浮気男でも、やはり、その父に抱かれるのは、由実香自身をも傷つけることになるだろう。

そんなことはとうにわかっている。わかりすぎるほどにわかっている。

だが——。

男女の間には、わかっていてもどうしようもないことがあるのだ。

「できる限りのことはする。決してあなたを傷つけるようなことはしない。誓うよ」

気持ちを伝えると、由実香は濡れた瞳を向けて、神妙に言った。

「わたしは淳一さんを裏切ることになります」

「……ああ……」

「生死の間を彷徨っている夫を裏切ることになります」

「……」

「自分がどんなにひどいことをしているのか……絶対に弁解できないことをしています。でも……でも、お義父さまとしたいんです。あなたに抱かれたい」

由実香が潤みきった瞳で、じっと見あげてくる。

「二人で罪を着よう。僕も受け止める……あなたとしたい。僕のほうがあなたを口説き落とした。由実香さんは悪くはない」

見つめ合うだけで、脳味噌が蕩けているような陶酔感が込みあげてきて、同時に股間のものが痛いほどに張りつめてきた。

「いいね?」

「……はい」

由実香が下から見あげながら、うなずく。

辰男はいきりたちを濡れてひろがった女の苑に押しつけ、ゆっくりと慎重に腰を進めていく。

と、切っ先が狭隘な入口をひろげていく感触があり、さらに腰を入れると、分

身がまったりとした肉路を押しひろげていき、

「ぁあああぁ……」

由実香は雷に打たれたように全身を震わせ、顎を突きあげて、両手でシーツを搔きむしった。

ぎゅっとつむった目、ツンと上を向いた鼻筋、そして、白い歯列がのぞくほどに大きく開いた唇――。

そして、奥へ行くほどに温度のあがる、狭いと感じるほどの由実香の体内。

(これだ。これをずっと求めていた)

動かすのさえもったいなかった。

それは義父の男根を適度な圧力で締めつけながら、くいっ、くいっと内側へと誘い込もうとする。

「おおぅ、くうぅぅ……」

波打つようにからみついてくる肉襞のうごめきを奥歯を食いしばってこらえ、
辰男はゆっくりと腰を動かす。動かされている感じだ。

両手で膝の裏をつかんで開き、腹に押しつけるように打ち込んでいくと、

「ぁああ、ぁあうぅ……お義父さまが、お義父さまがなかにいるわ」

感極まったような由実香の声が部屋を満たした。

「由実香、由実香さん……ずっとこうしたかった。ずっと……」

じっくりと味わいたいという気持ちとは裏腹に、体が勝手に動く。膝裏をつかんでひろげ、尋常でなく勃起した分身を深いところに連続して届かせると、

「んっ……あんっ……ぁあんっ……くぅぅ」

由実香は右手の甲を口許に押しあてて、声を押し殺しながらも、顔を大きくのけぞらせる。

ところどころピンクに染まった双乳が打ち込みから少し遅れてぶるん、ぶるるんと波打ち、しこった乳首も縦に揺れる。

これまでは、ディルドーを使うしかなかった。それが寂しかった。だが、今は確実に辰男は由実香の肉体と繫がっている。ひとつになっている。

「ああ、お義父さま……来て」

由実香が両手を伸ばして、ぼぅとした目で訴えてくる。その霞がかかったような、色情に淩駕された瞳がたまらなかった。

膝を放して、覆いかぶさっていくと、由実香は自ら両足をM字に開いて、硬直を深いところに導き、辰男の肩にしがみついてくる。

辰男は腰を使いながら、表情を目に焼きつける。

黒曜石のような瞳が辰男の心のうちを覗き込もうとしている。だが、腕立て伏せの形で打ち込むと、顔が揺れ、見開かれていた瞳が快楽に負けて、ふっと閉じられる。

「あっ……あっ……あっ……」

顎がせりあがり、辰男の肩をつかむ指に力がこもる。

女が昇りつめていくときの悩ましい表情の変化に見とれながらも、辰男は乳房を揉んだ。たわわな肉層がしなりながら、手のひらを押し返してくる。濃いピンクの乳首が痛ましいほどにしこり、指の間からこぼれる。

そして、揉むほどに由実香の膣はいっそううごめき、辰男の分身を包み込んでくる。

「おおぉ、気持ちがいいよ。由実香さんのあそこ、すごく気持ちがいいよ」

「ああ、由実香も気持ちいい。お義父さまのおチンチンがわたしをえぐってくるの。ぐいぐい来るのよ」

由実香があからさまなことを言ったので、それで、辰男も気持ちが解放された。

「やっぱり、本物のおチンチンのほうがいいだろ?」

「ええ、全然違います。表面は柔らかいのに硬い……それに、温かい。血が通っている。気持ちも通っているわ」

男心をかきたてられて、辰男は由実香の肩口から右手をまわし込んで、ぐいと引き寄せる。

そうして身体を密着させ、衝撃が逃げないようにして、腰から下を高く持ちあげて、落とし込む。

下から円を描くように膣肉をえぐると、膣肉の天井を亀頭部が擦りあげ、そして、陰核までもが巻き込まれているのがわかる。

気持ちが良すぎた。

このままではもう出てしまいそうだ。だが、待ちに待った挿入をもっと味わいたい。由実香をさらなる絶頂に導きたい。

辰男は体を離して、上体を立てた。そして、由実香の背中と腰に手をまわして抱きあげながら、自分は座る。

途中から自力で身体を起こした由実香は、向かい合う形での座位になって、目を伏せた。

「恥ずかしがらなくていいんだよ。もっと、由実香さんの表情を見せてくれ」

垂れ落ちた額の髪をかきあげると、由実香もおずおずと顔をあげ、ちらりと辰男を見る。

その羞恥に満ちた所作がたまらない。

辰男は背中を曲げて、乳房に貪りつく。

息ができないほどに乳肉がまとわりついてきて、かろうじて鼻で呼吸をしながら、乳首を吸い、舐め転がした。

すると、由実香はそれがいいのか、両手を肩に置き、のけぞるようにした。

辰男が右の次は左と、しこった乳首を吸うと、由実香はもう我慢できないとでも言うように腰から下を打ち振って、

「ぁああ、いいの。お義父さまをはっきりと感じる。あたってるの。わたしのなかで、暴れているわ……ぁああ、あうぅぅ」

何かにとり憑《つ》かれたように、濡れ溝を擦りつけてくる。

だが、その動きがもどかしそうで、もっと自由に動きたいのだろうと思い、辰男は上体を後ろに倒す。

しがみつくものがなくなって、由実香は一瞬とまどったようだが、やがて、両手を突いて、腰を揺すりはじめた。

上体をほぼ垂直に立てて、両膝をぺたんとシーツにつき、腰から下をさしせまった様子で振りたくる。

硬直が温かい膣に揉み抜かれていく悦びを感じながら、辰男はしどけない息子の嫁の姿を目に焼きつける。

由実香が両膝を立てて、腰を浮かした。

尻を高々と持ちあげ、そこから落とし込んでくる。

両手を前に突いて、腰を振りあげ、トップから打ち据えてくる。

ペタンッ、ペタンッと餅搗《もちつ》きのような音がして、

「ぁあぁぁ……ぁああ……突き刺さってくるの。お義父さまのおチンチンが突き刺さってくるの……ぁああ、恥ずかしいわ。見ないでください……」

由実香は髪を振り乱して言いながらも、決して上下動は止めることなく、むしろ、徐々に激しく腰を打ち据えてくる。

淫水灼けした肉棹が翳りの底に姿を消したと思ったら、また出てくる。その攻撃に耐えて、雄々しくきりたっている分身を、誇らしく感じる。

由実香はぺたんと尻を落とし、奥まで肉茎を呑み込んだ状態で、もっととばかりに腰をまわすので、辰男の硬直はうれしい悲鳴をあげる。

それから、由実香は後ろに両手を突き、のけぞるような姿勢で足をM字に開き、くんっ、くんっと腰をしゃくりあげては、

「ぁああ……ぁあああ……いいの。おかしくなる。わたし、おかし……ぁあああ、もう……やぁああ、止まらない」

もっとばかりに腰をしゃくって、さらなる快感を得ようとする。

その貪欲なまでの所作が、由実香がこの数カ月の間、いかに欲望を満たされないでいたかを明確に伝えてくる。

「おおぅ、くっ……」

辰男は奥歯を食いしばって、強烈な締めつけに耐える。

と、由実香が前に突っ伏してきた。

両手で辰男の肩のあたりを上から押さえつけながら、腰を鋭く振って、辰男を見おろしてくる。

目尻には朱がさして、涙で濡れたような瞳がぼぅと霞みつつも、辰男をねめつけてくる。

「お義父さま、味方になってくださいね。絶対に裏切らないでくださいね」

赤い唇が動いた。

おそらく、夫の淳一の不実で男性不信に陥っているのだろう。

「大丈夫だ。絶対に裏切らない。ずっとあなたの味方だ」

「ああ、あなたがお義父さまでよかった」

そう言って、由実香が抱きついてきた。

熱い思いが込みあげてきて、辰男は女体の背中と腰を引き寄せ、そして、膝を曲げて動きやすくして、下から腰を撥ねあげてやる。

この先二人はどうなるのかわからない。

淳一の意識が戻ったとき、自分は由実香を抱く気になれるのだろうか？　由実香だって、そうだ。淳一に気兼ねして、辰男との情事を拒否するかもしれない。

実際に淳一の意識が戻ってみないとわからないが、少なくとも今のような気持ちにはなれないだろう。

（そうか……息子が回復するまでの、期間限定の関係か……）

だとしたら、これが最初で最後の交接という可能性だってある。

もしこれが最後になるとしたら、思う存分に由実香とのセックスを満喫したい。

悔いが残らないように、女体を貪り尽くしたい。

雄々しく勃起した分身が斜め上方に向かって、女の坩堝を擦りあげて、由実香

はますます強くしがみついて、

「あっ……あっ……ぁあんっ……あんっあんっ、あんっ……」

つづけざまに声をあげる。

「そうら、気持ちいいか？」

「はい……気持ちいい。突き刺さってくる。お臍まで届いているわ……あん、あんっ、あんっ……」

由実香は甲高い喘ぎをスタッカートさせ、ぎゅうとしがみついてくる。

だが、まだ攻めたりない。

辰男は結合したまま、体を回転させて横臥し、横からの体位で由実香を突いた。

片足を持ちあげて上体を離し、下半身を振りあげる。

「ぁああ、ぁああ……すごい。お義父さま、すごい……あっ、あっ……」

半身になった由実香はあからさまな声をあげ、大きく顔をのけぞらせる。

こんなことができる自分が自分ではないようだ。四十路を過ぎたあたりからとにかく省エネセックスが身について、ろくなセックスをしていなかった。

「由実香さん、いや、由実香。きみが相手なら何でもできそうだ」

気持ちをぶつけると、由実香も辰男を見て、

「うれしい……お義父さまのお役に立ててうれしい……」

殊勝なことを言う。

「よし、もっとだ。もっと……」

辰男はもう半回転して、上になると、由実香の足をすくいあげた。

すらりとした足を肩にかけて、ぐいと前に体重を載せた。

すると、柔軟な肢体が腰から深い角度で折れて、辰男の顔のほぼ真下に、由実香の顔がきた。

この姿勢が苦しいのだろう、由実香は「あぅ」とつらそうに顔をしかめる。

だが、その分、挿入は深い。

自分の屹立が邪魔されずに真っ直ぐに、膣奥まで届いているのがわかる。

女性の子宮口まで貫いているという悦びが、ふつふつと湧きあがってくる。

どんなに歳をとろうとも、男はやはり女を深々と貫いて、支配したいものなのだ。

今、由実香を相手にして、それがはっきりとわかった。

辰男は気持ちを込めて、体重を載せた一撃を上から叩き込んだ。

ぐんっと由実香の腰がしなり、バネのように押し返してくる。かまわず押し込

むと、切っ先が奥をえぐって、

「あうぅ……！」

由実香は辰男の両腕にしがみつきながら、顎をこれ以上は無理というところまでのけぞらせる。

（ああ、今、由実香さんをこんなに追い込んでいる。よがらせている！）

その悩ましい顎と首すじのラインに視線を釘付けにされながらも、辰男はもう一度、打ち込む。

気持ちをのせた一撃が、深々と体内をうがち、子宮近くの扁桃腺に似たふくらみがからみついてきて、辰男も性感が高まる。

「由実香……気持ちいいか？」

「はい……いいの、すごくいいんです」

「すべてを忘れるんだ。いやなことを全部頭から追い出すんだ」

「はい、忘れさせてください……ぁああ、それ……あんっ、あんっ、んんっ」

由実香は辰男の腕を握ってずりあがるのをふせぎながらも、衝撃そのままに乳房を激しく波打たせ、身をよじって激しく身悶えをする。

「おお、イキそうだ。由実香、出そうだよ」

「ああ、ちょうだい。お義父さまのをください」

「よし、くれてやる」

辰男は頂《いただき》に駆けあがろうと、渾身の力を振り絞って、屹立を叩きつけた。

若い頃のように怒張した分身が体内に突き刺さり、奥までうがって、それがいいのか、由実香はもう腕をつかむこともできなくなって両手を彷徨わせ、

「あん、あんっ、あんっ……ぁああ、怖いわ。お義父さま、怖い……」

「大丈夫だ。僕がついてる。あなたをがっちり捕まえてる。思う存分にイッていいんだよ」

「ぁああ、うれしい……お義父さまがお義父さまでよかった」

由実香は一瞬下から見あげてきたが、辰男が体重を載せた一撃を叩きつけ、ずりゅっ、ずりゅっと肉路をうがつと、

「ぁあああぁぁ……あんっ、あんっ、あんっ……イク……お義父さま、由実香、イキそうです」

今にも泣きださんばかりに眉をハの字に折って、由実香が潤みきった瞳で訴えてくる。

「いいんだぞ、イッて……そうら……僕も、僕も出すよ」

激しく腰を打ち据えた。

バス、バスッと音が爆ぜ、額の汗がしたたり落ちて、由実香の顔にかかる。だが、由実香はそれさえ気にならない様子で、頭上の枕をつかみ、顔を右に左に振り、胸をせりあげて、

「あっ、あっ、あっ……ぁあああああ、イッちゃう……お義父さま、由実香イクわ……」

「イケよ。すべてを忘れろ」

辰男は最後の力を振り絞って、思い切り叩き込んだ。肉の槌と化した勃起が女の臼を激しく叩き、由実香がのけぞりかえった。

「ぁああ、ぁああ……イク、イクイク、イッちゃう……」

「イケ!」

辰男が止めとばかりに打ちおろすと、切っ先が深いところをしこたま突いて、

「ぁあああぁぁぁぁぁぁぁぁ……」

由実香は悲鳴に近い断末魔の声を長く伸ばした。そして、伸びきったところで、

「うっ」と生臭く呻く。それから、

「あっ……あっ……」

仄白い喉元をさらしたまま、がくん、がくんと痙攣する。

(ああ、イッたんだな)

歯を食いしばってもう一太刀浴びせたとき、目が眩むような至福が訪れた。マグマのように熱い粘液が先端から噴き出し、その凄まじい勢いが辰男をエクスタシーに押しあげる。

「あっ……おっ……」

辰男は尻たぶを震わせながら、ぴったりと下腹部を密着させている。すると、由実香の膣が射精をつづけるそれを歓迎するかのようにくいっ、くいっと内側へと引っ張り込もうとする。

放出しているとこをさらに絞りあげられる最高の歓喜に、辰男はまた精液を噴きあげる。

出し尽くして、息も絶え絶えになり、辰男はばったりと女体に突っ伏していった。

4

ベッドで由実香が添い寝してくれている。

「お義父さま……」

「何だ？」

「わたし、ほんとうに淳一さんを傷つけたいと思ったことがありました。でも、不思議ですね。あんなに憎んでいたのに、彼が入院して、付き添っているうちに、ああ、やはりわたしはこの人が好きなんだって……」

「そうだな。夫婦なんてそんなものだよ」

そう答えながらも、辰男は複雑な気持ちだ。

もしも、淳一がこの先永久に目覚めなかったら、僕はこの人とずっと夫婦のような関係でいられるのだが——。

「でも、離れているとダメなんてす。魔が差すんです。淳一さんなんか、このまずっと目覚めなければいいって……ひどい女ですよね、わたし……ほんとうにひどい……」

「そうでもないよ。僕だって、魔が差すときがある」

そう言って、辰男は由実香の肩を抱いた。

すると、由実香がぴたりと身を寄せて、辰男の顔を覗き込んできた。

「お義父さまも魔が差すときがあるんですか？」

「……ああ……」

「そのとき、何をお考えになっているんですか？」

「……それは……ちょっと言えないな」

まさか、淳一が目覚めなければ、由実香と夫婦のような生活を送ることができるなど、父親として口が裂けても言えない。

由実香はしばらく黙って何かを考えてから、口を開いた。

「お義父さま？」

「何だい？」

「……明日はお義父さまも会社がお休みですよね？」

「ああ、明日は日曜だからね」

「二人で、淳一さんの病院に行きません？」

「……そうだな。行こうか」

答えながら、複雑な気持ちだった。

辰男は由実香と性器で結合をした。その翌日に、その当人と二人で逢いにいくことで、由実香は淳一に申し訳ないという気はないのだろうか？

そのとき、由実香の顔が何かが閃いたとでもいうように、輝いた。

「病室では、イチャイチャしましょうね」

「えっ……淳一の前でか？」

由実香は大きくうなずく。

そのとき由実香の優雅な顔に浮かんだ表情を、辰男はどうとらえていいのかわからなかった。

由実香は薄く笑ったのだ。

「もしもだよ。もしも、淳一に意識があるとしたら。周囲のことを理解できているのに、体が動かないのだとしたら……イチャイチャするのはマズいんじゃないのか？」

「だから、いいんですよ。淳一さん、二人を見てきっと嫉妬するわ。嫉妬は人の気持ちをかきたてるでしょ？」

「まあ、そうだが……」

「わたしたちに焼き餅やいて、淳一さん、必死に目覚めようとするわ。彼の背中を押してやる刺激が必要でしょ？」

確かにそういう考え方もあるだろう。しかし——。

「由実香さん、まさか、あれじゃないだろうね？」

「あれって？」

辰男は言いよどんだ。なぜなら、それを口に出すことは、その本人をもひどく傷つけることだからだ。

だが、女は執念深い。一度味わった苦しみや憎しみを決して忘れない。

「あれって……？」

「……由実香さん、淳一を傷つけようと思ってるんじゃないだろうね？　つまり、裏切られたことの苦しみを、淳一にも味わわせたいと……」

「復讐ですか？」

「……簡単に言うと、そうなるかな」

「思いもしなかったけど、いいかもしれませんね。でも、それを復讐と言うなら、今夜、果たしました」

由実香が上から見て、含みのある笑みを浮かべた。

「そうか……僕に抱かれたことが、あなたの淳一への復讐ってことだね？」

由実香が無言で胸板に顔を載せた。

「たとえそうだとしても、お義父さまを愛しているからこそのことです。復讐の気持ちだけで男と寝られる女なんかいませんよ。安心してください」

「……そうだな」

由実香が胸板をなぞってくる。

汗の退きかけた手で胸から脇腹にかけて丹念に撫でながら、言った。

「明日は午後から行きましょうね。昼食を摂ってから出かければ、一時には着けるわ。途中で花屋さんに寄りましょう。病室に着いたら、まず花瓶の花を変えるの。意識があるなら、淳一さんは二人に来てもらってきっとすごくうれしいんだと思うの」

由実香は明日の計画を嬉々として語りつづける。

「そこで、わたしはいつものように淳一さんに語りかけ、手を握るわ。そうしたら、お義父さまはわたしを後ろから抱きしめてください。ノースリーブの襟のひろく空いた服で出かけるから、お義父さまは胸に手を入れて……こんなふうに……」

由実香はベッドに半身を立て、言われるままに辰男は背後から乳房を包み込んだ。

「そうです……わたしは胸を揉まれながら、お義父さまにキスをするのよ。こんなふうに……」

由実香は首をねじって、斜め上を見るので、辰男も顔を伏せて唇を合わせた。

すると、由実香は情熱的に唇を吸いたてながら、後ろ手に辰男の股間をさぐってくる。

いったんふにゃっとなっていた分身に、また力が漲ってくる。

由実香は舌を吸いたて、肉茎をもてあそびながら、裸身をもどかしそうにくねらせる。

キスを終えて、由実香は辰男を立たせ、その前にしゃがんだ。

「わたしはお義父さまの前にしゃがんで、ここをおしゃぶりするわね」

「いや、でも……他の人に……」

「大丈夫よ。個室だから、ナースの見まわりさえ気をつけていれば、見つかることはないわ」

「しかしな……」

「お義父さま、さっきわたしのために何でもするっておっしゃったわ。あれはウソなの？」

「いや、ほんとうの気持ちだよ」

「だったら、協力してください。だって、これは淳一さんを刺激して目覚めさせるためにするのよ。決して、彼を懲らしめるためじゃない。そうでしょ？」

「ああ、そうだ」

このとき、辰男はすでに由実香の虜になっていたのだろう。

今夜、彼女は辰男を籠絡し、決定権を手に入れた。そして、辰男は由実香に逆らうことはできないし、しないだろう。

「わたしはお義父さまのズボンをさげて、床にひざまずく。そして、お義父さまのここをこうする……」

由実香はほっそりした指で肉茎を握りしめ、桜貝のような光沢を放つ五本の指をからめて、ゆったりとしごきながら見あげてきた。

「お義父さまは、淳一さんがどんな反応をするか、気をつけていてね。少しでも変化があったら、報告してくださいね」

「わかったよ」

「明日が待ち遠しいわ」

艶かしく微笑んで、由実香は亀頭部に舌を伸ばす。

蛇のように細くよく動く舌をちろちろと走らせながらも、辰男をじっと見あげている。

ベッドに正座して、いきりたつものを握り、自らの蜜で汚れた肉棹を丁寧に舐め清めてくる。

次の瞬間、辰男の分身は温かく、湿った口腔に包まれる。

「うっ……！」

あまりの気持ち良さに、辰男は天井を仰ぐ。

円形蛍光灯が眩しい。

柔らかな唇が血管を浮かびあがらせた表面をゆったりとすべり動き、そのリズムがあがって、辰男はもらされる歓喜を満喫しようと、静かに目を閉じた。

＊この作品は、書き下ろしです。また、文中に登場する団体、個人、行為などは実在のものとはいっさい関係ありません。

二見文庫

息子《むすこ》の愛人《あいじん》

著者　霧原一輝《きりはらかずき》

発行所　株式会社 二見書房
東京都千代田区三崎町2-18-11
電話 03(3515)2311［営業］
03(3515)2313［編集］
振替 00170-4-2639

印刷　株式会社 堀内印刷所
製本　株式会社 村上製本所

落丁·乱丁本はお取り替えいたします。
定価は、カバーに表示してあります。

ISBN978-4-576-16100-6
http://www.futami.co.jp/